www.rsk-krimi.de

Mord in Hennef/Sieg

Liebesgeflüster

1

Rhein-Sieg-Kreis Krimi

Mord in Hennef/Sieg

Liebesgeflüster

Der achte Fall der Kommissarin Thekla Sommer

© **Kersten Wächtler**

www.rsk-krimi.de

Bibliografische Information der Deutschen Nationalbibliothek:

Die Deutsche Nationalbibliothek verzeichnet diese Publikation in der Deutschen Nationalbibliografie; detaillierte Daten sind im Internet über

http://dnb.dnb.de

abrufbar

1.Auflage

Erschienen 06/2020

Copyright © 2020 Kersten Wächtler

Coverbild: Klaus Stahl

Herstellung und Verlag: BoD – Books on Demand, Norderstedt

ISBN: 9783751956178

Alle Personen und Tathergänge sind frei erfunden.

Ähnlichkeiten mit lebenden oder toten Personen sind rein zufällig

Die gerufenen Polizeibeamten kamen am frühen Morgen, noch vor dem Hauptberufsverkehr, nach etwa drei Minuten am Tatort an. Ein Mitarbeiter einer ansässigen Unternehmensberatung hatte beim Abstellen seines Wagens auf dem Parkstreifen des in Hennef-West gelegenen Gewerbegebiets, eine grausige Entdeckung gemacht, als er auf dem Weg zu seinem, in nächster Nähe gelegenen, Arbeitsplatzes war. Sofort sperrten die Beamten den Straßenbereich großzügig mit rot-weißem Flatterband ab und informierten sofort die Kollegen der Mordkommission. In einem roten Ford-Fiesta, neueren Baujahrs, saß die blutüberströmte Leiche eines Mannes, den sie gut kannten. Es war der Hausmeister ihrer Polizeidienststelle in Hennef. Knut Seins war am heutigen Morgen nicht zu seiner Arbeit erschienen, denn die Papierkörbe in der Dienststelle waren nicht geleert worden und die Kaffeemaschine, die Herr Seins morgens den Beamten immer vorbereitete, war dieses Mal nicht angeschaltet. An diesem Morgen wussten die Polizisten, warum die täglichen Annehmlichkeiten, an die sie sich

7

gewöhnt hatten, unerledigt blieben. Der Tote saß hier in seinem, nach kaltem Rauch riechenden Wagen, mit unzähligen Messerstichen im Brust- und Bauchbereich, am Lenkrad seines PKW's mit geöffneten Augen. Der Leichnam starrte. Sein Blick schien ernst und auf das Cockpit des Wagens geheftet zu sein. Der blutüberströmte Körper bot ein Bild des Schreckens. Bevor die Beamten irgendetwas anfassen würden, müsste die Spurensicherung und die Mordkommission hierherkommen.

*

Thekla Sommer, Kommissarin der Mordkommission im Siegburger Polizeipräsidium und Leiterin der Dienstgruppe II, sowie ihr Kollege und Lebensgefährte, Robert Hanf, hatten am frühen Morgen, wie meistens vor Dienstantritt, ihre Joggingrunden am Fuße des Michaelsbergs absolviert. Sie fuhren gerade in Thekla's lindgrünem Twingo, zur Dienststelle.

»Hanf«, meldete sich Robert auf Thekla's Handy, der das Gespräch annahm, da Thekla nicht während der Fahrt telefonierte.

»Bollenkamp«, meldete sich Alfred Bollenkamp, oberster Leiter aller drei, in Siegburg untergebrachten, Mordkommissionen. »Wir haben einen neuen Fall. Seid Ihr unterwegs, oder wo steckt Ihr gerade? «

»Wir sind in zwei Minuten im Büro, fahren gerade ins Parkhaus«, gab Robert zurück.

Thekla schloss gerade den Wagen ab, als auch Peter Ludwig und Lisa Drollig, beide auch in Thekla's Team, gerade die Tiefgarage befuhren. Peter hatte Lisa, die vor kurzem eine Wohnung in Siegburg-Zange bezogen hatte, abgeholt. Bollenkamp hatte die beiden auch schon verständigt, sie mögen so schnell wie möglich ins Präsidium kommen, es gäbe einen neuen Fall.

»Guten Morgen zusammen«, begrüßte Peter seine Chefin und Robert, »was gibt es denn für einen neuen Fall? Ich habe Lisa abgeholt, damit sie schneller hier ist, als mit der Bahn und dem Fußweg, hierhin«.

»Das ist aber sehr kollegial«, meinte Thekla, »wir wissen auch noch nichts Genaues. Bollenkamp wird es uns bestimmt gleich sagen« Gemeinsam gingen sie die Treppen bis ins zweite Obergeschoss. Seitdem alle wussten, wie Fitness affin Thekla war, traute sich keiner mehr, wenn er sich beobachtet glaubte, den Aufzug zu benutzen.

*

Am Tatort angekommen, erschrak Lisa zunächst und musste erst einmal für einige Sekunden wegschauen. Dann erst schaute sie wieder, genau wie Thekla und die anderen, die blutüberströmte Leiche an.

»Der ist ja regelrecht abgestochen worden«, meinte Robert.

Der Leiter der Spurensicherung kam hinzu.

»Knut Seins, 44 Jahre, wohnhaft in Hennef-Blankenberg. Hier, den Ausweis haben wir in seiner Jackentasche gefunden. Wie es aussieht kein Raubmord. Wir haben über zwanzig Messerstiche im Brust- und Bauchbereich gezählt. Alle mit starker Gewalt ausgeführt, - dafür spricht die Tiefe der Einstiche«.

»Sieht nach Hass oder Wut aus«, meinte Thekla.

Der Mann im weißen Ganzkörperanzug der Spurensicherung nickte. »Alles Weitere später«, meinte er.

»Wer hat ihn gefunden? « fragte Thekla die uniformierten Kollegen der Hennefer Polizeidienststelle.

»Der Herr dort auf der Bank«, einer der Kollegen zeigte auf einen Mann, der sich etwas abseits auf einer Bank aufhielt und gerade mit seinem Handy telefonierte. »Übrigens kennen wir den Toten«, sagte der Beamte weiter, »er ist seit einigen Jahren Hausmeister bei uns auf der Dienststelle. Er war immer zu einem Späßchen bereit und auch immer hilfsbereit«.

»Danke«, sagte Thekla und deutete Robert mit einer Kopfbewegung an, sie zu dem Zeugen zu begleiten.

»Guten Morgen, Kripo Siegburg, Sommer und Hanf. Sie haben den Toten gefunden? «

»Guten Morgen, Siegfried Schmidt, ja, - ich war auf dem Weg zur Arbeit. Ich arbeite dort in einer Unternehmensberatung. Ich habe den Mann eben gefunden. Ich wunderte mich beim Vorbeigehen, dass die

11

Beifahrertüre nur angelehnt war. Deshalb schaute ich in den Wagen und sah den Toten«.

»Haben Sie sonst noch was gesehen, das für uns wichtig sein könnte? « fragte Robert den, scheinbar immer noch unter Schock stehenden Mann.

Dieser schüttelte den Kopf und meinte: »Nein, außer dem Mann und dem Fernglas, das auf dem Beifahrersitz lag, habe ich nichts gesehen«.

Als Robert und Thekla zum Tatort zurückkehrten fragte Thekla einen der Uniformierten: »Habt Ihr ein Fernglas gefunden? «

»Ja, - das lag auf dem Beifahrersitz. Das haben die Kollegen von der Spusi«.

»Warum bloß ein Fernglas? « fragte Thekla in Richtung Robert.

»Also, wir haben hier schon mehrmals anonyme Anzeigen erhalten. Hier soll wohl irgendwo auf den öffentlich zugänglichen Grundstücken, nachts hin und wieder, so eine Art Swingertreff stattfinden. Es sollen verschiedene Pärchen in unterschiedlichen Autos vorfahren und dann miteinander hier in der Öffentlichkeit, Sex haben. Wir haben nie etwas festgestellt. Wenn wir kamen, war immer schon alles vorbei. Einzig, einige benutzte Kondome haben wir gefunden«

»Sex in der Öffentlichkeit?« fragte Robert, »was haben die davon?«

»Ich habe davon gelesen, dass der Trend in Großstätten sei, sich beim Sex beobachten zu lassen. Das soll einen besonderen Kick bringen. Dass wir so etwas hier im idyllischen Rhein-Sieg-Kreis haben, hätte ich nicht gedacht«, meinte Thekla.

»Vielleicht hat Herr Seins«, der Streifenbeamte zeigte in Richtung des Fiesta, »hiervon gewusst und als Spanner, die Beteiligten mit dem Fernglas beobachtet?«

»...und wird dann von den Sextreibenden umgebracht?« fragte Thekla. »Das kann ich mir nicht vorstellen. Die suchen doch den Kick über die Spanner«.

*

Sie fuhren die steilen Kurven von der Siegtalstraße hinauf nach Blankenberg.

13

»Bis zur Eingemeindung zur Stadt Hennef, hieß der Ort hier noch "Stadt Blankenberg" und war von 1245 bis 1805 eine selbstständige Stadt, zu der die umliegenden Ortschaften gehörten. Im Jahre 1953 wurde aus dem einstigen Namen "Blankenberg", der dann offiziell gültige Name "Stadt Blankenberg«, sagte Robert zu Thekla.

»Woher weißt Du das? « fragte Thekla.

»Ich habe mich mal vor langer Zeit sehr für Heimatkunde interessiert«, meinte Robert grinsend.

Sie kamen an dem kleinen Reihenhaus, am Rande des historischen Stadtkerns, an.

»Hier muss es sein«, sagte Thekla, die den Wagen anhielt und ausstieg.

An der offenstehenden Haustüre, die durch eine Wiese im Vorgarten von der Straße abgetrennt war, standen drei Koffer und eine Reisetasche. Eine Frau brachte gerade, in Tränen aufgelöst, noch ein paar Ski und einen Volleyball, um dies zu den Koffern zu stellen.

»Frau Seins? « fragte Thekla, als sie das Haus erreichte.

Die Frau blickte die beiden Kommissare mit tränengefüllten Augen an.

»Ja«, antwortete diese.

»Wollen Sie verreisen? « fragte Thekla erstaunt.

»Nein, dass sind die Sachen von meinem Mann, dem Scheißkerl. Ich hab' seine Koffer gepackt. Die kann er sich hier abholen, wenn er von dieser Schlampe kommt. In mein Haus kommt der jedenfalls nicht mehr«.

Frau Seins weinte immer noch und auch ihre Nase lief so sehr, dass Thekla ihr ein Taschentuch reichte.

»Wir sind von der Kriminalpolizei Siegburg«, meinte Thekla.

»Ach«, kam die Antwort von Frau Seins, »hat er nicht nur ein Verhältnis mit der Schlampe? « fragte sie, »hat er jetzt auch noch was ausgefressen? Aber wieso Kripo und wieso Siegburg. Er arbeitet doch in der Dienststelle Hennef, als Hausmeister«.

»Frau Seins, wir müssen Ihnen eine traurige Nachricht überbringen«, sagte Robert, der Thekla's mitleidigen Blick sah, »Ihr Mann ist letzte Nacht einem Gewaltverbrechen zum Opfer gefallen«.

Frau Seins hörte augenblicklich auf zu weinen und schaute die Beiden mit weit aufgerissenen Augen an. Sie wurde kreidebleich und sackte in sich zusammen.

Thekla sprang nach vorne und konnte einen Sturz auf die aneinandergereihten Platten des Weges, der als Weg zur Straße hin, durch die angelegte Wiese diente, vermeiden. Frau Seins war ohnmächtig geworden.

Der gerufene Rettungswagen war innerhalb von vier Minuten vor Ort.

»Ihr wart aber schnell hier«, meinte Robert, »wir haben eben viel länger von Hennef bis hier hin gebraucht«

Einer der Sanitäter lachte: »Wir kommen aus Uckerath und hier über Adscheid sind wir recht schnell«. Er zeigte in die entgegengesetzte Richtung aus der Thekla und er gekommen waren.

Nachdem Frau Seins eine kreislaufstabilisierende Spritze bekommen hatte, sollte sie nach Anraten der Sanitäter erst einmal mindestens dreißig Minuten liegen. Diese Zeit nutzten die Kriminalbeamten, um sich in dem kleinen Ort umzuschauen und vielleicht auch schon Informationen zu der Familie Seins einzuholen. Am

Rande der Straße, die durch Blankenberg führte, saß ein älterer Mann mit langem grauem Bart, einer scheinbar abgegriffenen Baskenmütze und einer Pfeife in der Hand. Er lächelte Thekla freundlich an und meinte:

»Wenn Sie was essen wollen, ich empfehle Ihnen das Restaurant dort drüben am Marktplatz«.

»Danke sehr«, entgegnete Thekla, »aber wir wollten uns eigentlich hier ein wenig umsehen. Wir kommen gerade aus der kleinen Neubausiedlung dort drüben. Sie wohnen schon länger hier? Kennen Sie die Einwohner? «

»Das soll wohl so sein«, antwortete der ältere Herr lächelnd, »ich bin jetzt zweiundachtzig Jahre alt und wohne seit meiner Geburt hier. Dort drüben«, der Herr zeigte schräg über die Straße, »steht mein Haus. Leider habe ich erst ab nachmittags die Sonne dort, deshalb sitze ich bis mittags meistens hier auf der Bank«.

»Dann können Sie uns bestimmt einiges über diesen Ort und die Einwohner erzählen? « meinte Robert.

»Das will ich wohl meinen«, wieder lächelte der Mann, was seinen Vollbart in Bewegung versetzte. »Hier in Blankenberg wohnen sechshundertzweiunddreißig Bürger. Die Stadt, ich nenne sie immer noch Stadt, denn

17

1954 bekam Blankenberg den Zusatz "Stadt", da sie jahrhundertelang auch den Status der Stadt hatte, bevor, unter Napoleon, diese Rechte aberkannt wurden. Sie ist also keine Stadt im rechtlichen Sinne, heißt aber so. Es gibt hier ein altes Museum, tolle Restaurants, Cafés und wie sie sehen, viele alte Fachwerkhäuser. Das älteste ist aus 1679, so steht es in einem Holzbalken über der Türe geschnitzt. Alles was Sie hier sehen, den Dorfkern und auch die Häuser sind als sogenannter Denkmalbereich, unter Denkmalschutz gestellt«.

»Und die neuen Häuser, am Rande des Ortes? « wollte Robert wissen.

Der alte hob den Kopf und schaute Robert gegen die Sonne blinzelnd, an, wobei er eine Hand als Sonnenschutz hob. »Junger Mann, alle wollen hier hinziehen, die einmal als Besucher dieses schöne Fleckchen Erde besucht haben. Kaum einer hat hier eine Chance, bis auf die Kinder, die hier geboren wurden. Für die musste die Stadt eine Möglichkeit schaffen, hier zu bauen, da man keinen aus seiner Heimat verbannen kann. Deshalb ist am Rande der Stadt, auch wenn Sie es als Ort bezeichnen, ein Bereich als Neubauland ausgewiesen. Sagten Sie nicht eben, dass sie von dort hier rübergekommen seien? «

»Ja, genau«, schaltete sich Thekla wieder ein, »aber sagen Sie mal, wenn Sie schon so lange hier wohnen, dann kennen Sie doch auch bestimmt alle Leute hier? Auch die in den neuen Häusern. Können Sie uns etwas über Familie Seins erzählen? «

Nun wurde der ältere Herr etwas zornig.

»Erlauben Sie mal, was glauben Sie eigentlich wen Sie hier vor sich haben? Einen alten Tattergreis, den man so einfach ausfragen kann? Wer sind Sie eigentlich?

Thekla und Robert zeigten ihre Polizeiausweise.

»Sie haben vollkommen Recht. Wir sind von der Kriminalpolizei Siegburg und ermitteln hier in einem Todesfall«.

»Wer ist denn da gestorben? Jemand aus der Familie Seins? «, der alte Mann hatte sich so erschrocken, dass er von der Bank aufstand und dabei seine Pfeife fallen ließ.

»Kennen Sie die Familie? « fragte Robert.

»Na klar, der Knut arbeitet bei der Polizei in Hennef, ich glaube als Hausmeister. Seine Frau, die Birgit, arbeitete als Verwaltungsangestellte einer Bank in Eitorf, die Filiale, die geschlossen wurde. Ja, und die Tochter, ich glaube Barbara heißt sie, sie geht ins Bodelschwingh-Gymnasium in Herchen«.

»Was sind das denn für Leute? « wollte Robert wissen.

Der Mann setzte sich wieder. »Das sind ganz anständige Leute. Knut geht hier sonntags zum Frühschoppen und soweit ich weiß, einmal pro Woche zum Skat nach Hennef. Birgit ist hier eine gut angesehene Bürgerin im Ort und Barbara, von der weiß ich eigentlich nichts, außer dass sie einen Motorroller besitzt, mit dem sie immer hier entlangfährt«.

»Danke für Ihre Auskünfte«, Thekla zupfte Robert am Ärmel und zeigte ihm so, dass sie gehen wollte.

»Aber was ist den jetzt? Wer ist denn tot? «

»Der Herr Seins«, sagte Thekla, die sich bereits im Gehen befand.

*

Bei der abendlich im Polizeipräsidium stattfindenden Fallbesprechung, kamen die zusammengetragenen Fakten auf den Tisch. Thekla legte großen Wert auf diese

Besprechungen, da sie wollte, dass alle Mitglieder der Dienstgruppe II, zu deren Leiterin sie vor einiger Zeit ernannt wurde, immer auf dem neuesten und gleichen Stand der Dinge waren.

Die Spurensicherung hatte im Wagen lange blonde Haare auf dem Beifahrersitz und der Rückbank gefunden. Außerdem hatten die Beamten im Kofferraum, in der Lageschale des Reserverades, eine Packung Kondome gefunden, aus der drei Stück fehlten. An der Packung waren die Fingerabdrücke von Herrn Seins und einer weiteren Person. Das Fernglas, welches auf dem Beifahrersitz lag, war blutverschmiert, muss aber nach der Tat dort platziert worden sein. Darauf wiesen die verschmierten Blutspuren hin. Zuvor war es wohl in einem dafür vorgesehen Etui, welches unter dem Beifahrersitz gefunden wurde und welches ebenfalls blutige, jedoch nicht zu gebrauchende Fingerabdrücke aufwies. Die Tatwaffe wurde nicht gefunden.

»Was soll man davon jetzt halten? Vor allem aber, wo soll man da ansetzen? « meinte Peter Ludwig.

»Warum sticht jemand über zwanzig Mal auf jemanden ein, wo doch schon ein bis zwei richtig platzierte Stiche tödlich sein können?«, fügte Lisa Drollig hinzu.

Sybille Salz, eine langjährige Kommissarin in Thekla's Team, die sich in den Innendienst hatte versetzen lassen und für die Dienstgruppe II nun Recherchearbeit und alle administrativen Arbeiten, übernahm, meinte:

»Das sieht mir sehr nach "Übertötung" aus, als wenn jemand, wie von Sinnen, das Messer immer und immer wieder in den Mann hineingerammt hätte, ohne Überlegung, sondern voller Wut und Hass«.

Thekla blickte vom Schreibtisch auf, auf dem die Befunde der Spurensicherung lagen.

»Sybille, - Du scheinst den richtigen Impuls zu den weiteren Ermittlungen zu geben. Wie gut, dass Du noch Mitglied in meiner Dienstgruppe bist. Du erstaunst mich richtig, - dies war ein sehr guter Gedanke«.

Sybille wurde verlegen, da alle sich nun ihr zuwandten. »Ach lasst mal, - da wärt Ihr auch darauf gekommen«.

»Das heißt für uns, erst einmal genau das nähere Umfeld des Toten inspizieren, wie Freunde, Bekannte,

Arbeitskollegen, Skatbrüder und so weiter«, gab Thekla vor.

»Sag mal Thekla, - zu den gefundenen langen blonden Haaren, - hatte Frau Seins nicht kurze, rötlich gefärbte Haare? « fragte Robert.

»Richtig«, bestätigte Thekla, »wir sollten also auch die Frau mit den blonden Haaren finden. Sie wird uns ganz bestimmt auch in weitere Ermittlungsrichtungen führen. Morgen werde ich mit Robert noch einmal zu Frau Seins nach Blankenberg fahren, da sie heute nicht in der Lage war, eingehendere Fragen zu beantworten. Peter, Du fährst zu den Kollegen der Hennefer Wache und erkundigst Dich nach den Gewohnheiten des Toten. Vielleicht haben die ja vertraulichen Kontakt gehabt und Informationen aus dem privaten Umfeld, die er seiner Frau verschwiegen hatte. Weiterhin soll sich Herr Seins einmal in der Woche mit Kumpels in einer Hennefer Gaststätte zum Skat getroffen haben. Finde bitte heraus wo das war und rede mit den Skatbrüdern, ob diese Hinweise zum Privatleben des Toten geben können. Vielleicht kennt ja irgendeiner eine Frau mit langen blonden Haaren, die wir suchen? Lisa, recherchiere mal bitte im Internet und in Hennef, was Du über diese

23

Swingertreffen rausfinden kannst. Es ist doch möglich, hier einen Täter oder eine Täterin zu finden oder zumindest einen Zeugen, der etwas Verdächtiges gesehen hat.

*

Eine Seite des doppelflügigen Fensters war geöffnet und die Rollladen bereits hochgezogen. Am frühen Morgen musste, irgendwo in der Nachbarschaft, jemand bereits den Rasen gemäht haben, denn ein schwacher Duft frisch geschnittenen Grases erfüllte den Raum. Ebenso fluteten Sonnenstrahlen das Bett, in dem Jana Kaminski, nackt auf dem Bauch liegend, darüber nachdachte, was ihr dieses unangenehme Gefühl in ihre Gedanken brachte. Thekla Sommer, die Mutter von ihrem Freund David, den sie in der Dusche fröhlich pfeifen hörte, hatte schon öfter davon gesprochen, dass sie selber immer mehr auf ihr "Bauchgefühl" hören würde. War das, was Jana gerade empfand auch so ein Bauchgefühl? Irgendetwas stimmte nicht. Aber was? Sie dachte daran, dass sie in den nächsten Tagen zu ihrem Frauenarzt gehen wollte, um mit ihm die Möglichkeit zu besprechen, mit einer Spirale zu verhüten. Sie hatte in den letzten Monaten beobachtet, wie sie langsam molliger wurde. Zuerst war es ihre Oberweite, die zugenommen hatte und sich von einem Cup-A auf ein Cup-B vergrößert hatte. Ihre Mutter Doris Kaminski, die seit etwas über einem Jahr die neue Freundin von David's Vater war, war mit Jana in einem Dessous Geschäft gewesen und hatte ihr drei neue BH's gekauft. Aber nicht nur in der Oberweite hatte Jana zugenommen, auch um die Hüften herum merkte sie es. Ihre Jeans zwickten am Po und den Oberschenkeln so sehr, dass sie sich auch bereits neue Hosen gekauft hatte. War das alles die Folge der Pilleneinnahme? Um diese Möglichkeit auszuschließen und nicht noch mehr zuzunehmen, hatte sie sich entschlossen, mit ihrem Frauenarzt über andere Möglichkeiten der Verhütung zu sprechen und sich gegebenenfalls eine Spirale einsetzen zu lassen. Zwar wollte sie zuerst noch mit ihrer Mutter über diese Sache sprechen um deren Meinung einzuholen, aber eigentlich hatte sie sich bereits entschlossen. Ihre Mutter war vor zwei Tagen mit David's Vater nach Hamburg gereist, um sich dort das Musical "Das Phantom der Oper" anzusehen. Bernd hatte ihr dies zum Jahrestag ihres Kennenlernens geschenkt. Inklusive zwei Übernachtungen im "Radisson Blu Hotel", einem zweiunddreißig stöckigen Haus und mit einer Gesamthöhe von einhundertachtzehn Metern, eines der höchsten Gebäude Hamburgs, welches am Rande des Hamburger Parks "Planten un Blomen" steht. Die beiden würden heute Abend wieder zuhause eintreffen. Bis dahin wollte Jana mit David das Wohnzimmer, in dem sie gestern Abend mit Freunden gefeiert hatten, sowie das Schlafzimmer, in dem die letzte Nacht sehr glücksbringende Höhepunkte hervorgebracht hatte, aufräumen.

»Oh, - >Du bist schon wach? War ich zu laut im Badezimmer? «

David legte sich neben Jana und fing sofort an, ihre samtig weiche Haut von den Schultern abwärts bis zu dem wohlgeformten, wie Jana meinte "dick" gewordenen Po zu streicheln und liebkosen.

»Nicht jetzt« sagte Jana leise, wobei sie sich umdrehte und ihre strammen Brüste präsentierte.

Sofort begann David, diese mit seinen Lippen zu liebkosen.

»Nein, - lass das bitte«, Jana zog das Laken über sich und bedeckte ihren Körper.

»Was ist los? War das heute Nacht zu viel für Dich? «

»Nein, mein Schatz«, sie küsste ihn zärtlich auf den Mund, »aber mir geht irgendwas im Kopf rum, was ich nicht genau definieren kann. Ich habe irgendein Gefühl, welches ich nicht einordnen kann«.

David wich zurück und fragte besorgt: »Betrifft das mich etwa? «

»Nein, nein«, Jana setzte sich nun hin, wobei das Leinenlaken nach unten rutschte und ihre Brüste wieder frei gab, » ich weiß es auch nicht so genau. Vielleicht ist es dieses Posting, was ich gestern Abend noch bei Facebook gelesen hatte. Da hatte jemand in einer Hennefer Gruppe, auf weinrotem Hintergrund, in weißen Buchstaben geschrieben:

Nun ist es vorbei,

alles wird gut,

sie wird wieder frei,

an dem Messer klebt Blut.

»Ach«, meinte David und stand auf, um in seine Jeans zu schlüpfen, »irgend so eine Tussi, die sich mit ihrer Art zu reimen, wichtig machen will«.

»Und wenn nicht? « fragte Jana, »wenn mehr dahintersteckt? Vielleicht ein versteckter Hilferuf oder ein Verbrechen? Das war ein neu angelegtes Profil mit dem Hintergrundbild eines Friedhofes und dem Profilnamen: "Liebesgeflüster"«.

»Um Verbrechen kümmert sich meine Mutter«, meinte David lachend, der schon in Richtung Tür ging, »die ist doch schließlich bei den Bullen, nicht Du. Kommst Du runter? Ich geh schon mal Kaffee kochen«.

Jana nickte, stand auf und ging ins Bad.

*

»Guten Morgen zusammen, Peter Ludwig, Kripo Siegburg«, er hielt seinen Dienstausweis an die gepanzerte Scheibe der Polizeidienststelle Hennef.

Ein leises Surren öffnete die gläserne Eingangstür.

»Polizeiobermeister Weber, guten Morgen, was verschafft uns die Ehre?«

Peter Ludwig begrüßte den Kollegen Weber und die Polizeimeisterin Nina Gras, die am Einsatzpult ihren Dienst hatte, per Handschlag.

»Wir ermitteln im Fall des Toten im Gewerbegebiet. Er war hier als Hausmeister beschäftigt«.

»Ja, ja, der Knut. Mensch, das ist ja ein Ding mit dem. Wir versuchen hier im Team schon die ganze Zeit, Ansatzpunkte für die Tat herzuleiten, aber das war so ein integrer Mitarbeiter. Er war immer sehr freundlich, absolut hilfsbereit, immer für einen lockeren Spruch und ein Witzchen zu haben. Wir sind völlig erschüttert darüber, dass so ein Mensch, wie er einem solchen Verbrechen zum Opfer gefallen ist«.

»Was könnt Ihr mir denn zu seinem Privatleben erzählen? Er hat doch bestimmt hier und da, schon mal was Privates erzählt?«

»Schon«, meinte Herr Weber, »aber nichts Einschneidendes, was mit der Tat in Verbindung zu bringen sei. Er erzählte ab und an, wie glücklich seine Ehe sei und wie stolz er auf seine Tochter Barbara sei, die auf's Gymnasium geht und kurz vor ihrem Abi steht. Er sprach auch viel von seinem kleinen Haus in Blankenberg und dem Garten, der ihm viel Freude aber auch Arbeit machte. Ach ja, worüber er auch viel sprach, waren die wöchentlichen Skatabende, an denen er, wie er sagte, oft als Gewinner die Gastwirtschaft verließ«.

»Wo ist denn diese Gastwirtschaft? « fragte Peter.

»Naja, Gastwirtschaft ist jetzt vielleicht ein wenig hochtrabend ausgedrückt, es ist eher eine Eckkneipe. Da hinten«, Herr Weber zeigte in die hintere Ecke der Dienststelle, als wolle er dadurch in Richtung Hennef-Geistingen blicken, »auf der Bonner Straße, in der Nähe des Kurparks, die "Wolfsstube". Ich glaube da treffen sich schon seit mehreren Jahren immer die gleichen Jungs, um abzuschalten«.

»Jungs? Abschalten? « fragte Peter nach.

Der Polizeiobermeister lachte. »Na ja, alle ungefähr in unserem Alter, zwischen fünfunddreißig und fünfundvierzig, Jungs halt, die im Leben stehen und gutbürgerliche Menschen sind, die sich dort einmal in der Woche eine kleine Auszeit von der Familie nehmen, um abzuschalten. Die tun ja nichts Verwerfliches«.

Nun lachte auch Peter, »Ach so, ja, verstehe«, und an die junge Kollegin gewandt, die gerade einen Funkspruch an die Kollegen im Streifendienst abgesetzt hatte, fragte er: »Und Sie? Können Sie mir noch irgendetwas zu Knut Seins sagen? «

Diese schüttelte den Kopf und meinte: »Nee, der Knut war immer gut drauf und sehr freundlich, leerte die Mülleimer, obwohl er das nicht brauchte, kochte für uns alle Kaffee, war irgendwie ein Teil der Dienststelle. Nur, was mir aufgefallen war, das ist wahrscheinlich weibliche Intuition, er war in den letzten Monaten schon etwas anders als sonst. Er war etwas ruhiger, verstehen Sie, etwas zurückgezogen, so – als wenn ihn etwas sehr beschäftigte oder belastete«.

»Haben Sie diesbezüglich irgendeine Ahnung, was das sein könnte? «

Die Kollegin schüttelte den Kopf.

»Ich wollte da auch nicht nachfragen. Privat kannten wir uns ja nicht und als sozusagen Kollegen, geht einen privates ja nichts an. Es sei denn, jemand vertraut sich jemandem von sich aus, an«.

»Ja klar, ich verstehe. Nun gut, dann will ich mal in die "Wolfsstube" fahren«, meinte Peter. Er verließ die Wache mit einem »Tschüss zusammen« und einem freundlichen Lächeln.

»Wir han' noch jeschlossen, et is noch zu früh für Kölsch! Ich han' noch net anjezapft« sagte der Wirt, der mit dem Rücken zur Eingangstür stand und den Tresen abputzte«.

»Und für eine Tasse Kaffee? « fragte Peter lächelnd, der die Gaststube nun betrat und dem verdutzten Wirt seinen Dienstausweis entgegenhielt, »Peter Ludwig, Mordkommission Siegburg«.

Der Wirt war sehr erstaunt und schien erschrocken.

»Mordkommission? Ich han' doch nix jedonn«, lächelte er nun. Er schien sich schnell gefangen zu haben. »Klar künne Se 'ne Kaffee han'. Die Maschien löf at«.

Peter setzte sich an einen der Tische und drei Minuten später erschien der Wirt mit einem kleinen Tablett, Kaffeemilch und zwei verpackten Zuckerwürfeln.

»Kennen Sie einen Knut Seins? « fragte Peter, »der muss hier wohl öfter Skat gespielt haben.

»Ja klar, der Knut, der war aber schon monatelang nicht mehr hier«, der Wirt sprach nun hochdeutsch, da er meinte er müsse sich nun anpassen und nicht, wie mit seinen Gästen hier aus der Nachbarschaft, mit seinem kölschenen Dialekt reden, wofür ihn seine Gäste alle liebten.

»Wie? Der war schon monatelang nicht mehr hier? Ich habe die Information, dass er hier jede Woche Skat spielt«.

»Das war auch so, bis etwa vor einem halben Jahr. Die Skatkumpels wunderten sich auch, dass er nicht mehr kam, aber auf einmal war ihm das hier wohl nicht mehr wichtig. Das Letzte, was er den Jungs erzählt hatte, war, dass er einen heißen blonden, langhaarigen Feger aus Uckerath kennengelernt hätte und er gespannt sei, ob sich daraus was entwickeln würde. Es scheint so, als wäre da was draus geworden. Ich meine aber, der war doch verheiratet. Wenn das mal nicht seine Frau rausgekriegt hatte«.

»Ach, das ist ja interessant. Hat er diesbezüglich sonst noch eine Andeutung gemacht? «

»Nee, aber sagen Sie, warum wollen Sie das denn so genau wissen? «

»Knut Seins ist gestern Morgen tot in seinem Wagen aufgefunden worden. In dem Gewerbegebiet, nicht weit von hier«

Der Wirt riss die Augen weit auf.

»Dat war der Knut? « Das war gestern Abend hier Thema Nummer eins. Da ist einer erstochen worden. Keiner wusste aber was Näheres. Dass das der Knut war? Haben Sie schon Spuren? «

»Wir stehen am Anfang unserer Ermittlungen. Können Sie mir denn irgendwas zu dem Gewerbegebiet erzählen? War das irgendwie ein Treffpunkt für bestimmte Gruppen? «

Der Wirt schüttelte den Kopf. »Da sollen sich schon mal Autos treffen, in denen Sex gemacht wird, aber Genaues dazu, weiß ich nicht. Man erzählt sich hier nur, die würden sich, immer an anderen Orten treffen, um dann miteinander oder wechselnd, miteinander zu …«, er sprach nicht weiter, sondern machte eine eindeutige Handbewegung.

Peter legte zwei Euro auf den Tisch, stand auf und sagte, »Danke für die Auskunft. Stimmt das so? « er zeigte auf das Geldstück.

»Du kriss noch jet widde«

Peter lächelte, winkte ab, und verließ die Kneipe.

*

Lisa Drollig stellte ihren Dienstwagen auf den Parkstreifen im Industriegebiet ab, auf dem am Vortag der Tote, Knut Seins, gefunden wurde. Von hier aus wollte sie nun ihre Ermittlungen, in dem ihr übertragenen Bereich starten. Lisa war in Thekla's Team fest integriert worden, nachdem Sybille Salz bei einem Einsatz so unglücklich stürzte, dass sie einige Zeit krankgeschrieben war und sich während dieser Zeit entschloss, in den Innendienst zu wechseln, da sie es in den letzten Jahren ihrer Dienstzeit ruhiger angehen lassen wollte. Seitdem war sie in Thekla's Team als Sekretärin und für die

Innendienstrecherche und administrative Aufgaben zuständig. Auf die nun freie Planstelle hatte sich Lisa, die bis dahin seit einigen Monaten als Kommissaranwärterin in Thekla's Team tätig war, beworben und die Stelle dann auch bekommen.

Nun stieg Lisa aus dem Wagen und schaute in Richtung eines kleinen Parkplatzes, der zwischen einem Bürokomplex und einer kleineren Firma des produzierenden Gewerbes, lag. Dieser Platz war teilweise mit hohen Büschen und kleinwüchsigen Bäumen umgeben und diente einem eingeweihten Kreis für freizügige und frivole Spielchen. Lisa selber war zwar als Endzwanzigerin auch noch sexuell sehr offen und hatte sich bereits mehrfach mit beiderlei Geschlecht, jedoch nie gleichzeitig, vergnügt, aber sich in aller Öffentlichkeit mit anderen zu vergnügen und sich dem Reiz des "entdeckt werden" hinzugeben oder sich sogar von Fremden, gewollt beobachten zu lassen, worin offensichtlich bei diesen "Outdoor-Swingertreffen" der gewollte "Kick" lag, - nein, - das konnte sie sich nun wirklich beim besten Willen nicht vorstellen. Sie betrat ein viergeschossiges Bürogebäude und sah sofort hinter der Eingangstüre ein Schild über einem, der dort befindlichen Büros, mit der

Aufschrift ANMELDUNG. Nachdem sie geklopft hatte und in das Zimmer hineinging, zeigte sie ihren Dienstausweis mit den Worten:

»Guten Tag, Lisa Drollig, Kriminalpolizei Siegburg«.

Die leger gekleidete Dame hinter dem Schreibtisch stand auf, schob sich ihre Lesebrille über die Stirn in die Haare und kam lächelnd zu Lisa.

»Guten Morgen, Petra Wilhelmy, Kriminalpolizei? Was kann ich für Sie tun? «

»Frau Wilhelmy, ich ermittele in dem Tötungsdelikt, der sich gestern hier auf der Straße ereignete. Ist Ihnen vielleicht irgendetwas in dem Zusammenhang aufgefallen? «

»Frau Wilhelmy nickte leicht. Ach ja, ich habe davon gehört, schreckliche Tat und das, wo man doch meint, so etwas passiert immer woanders, - und jetzt hier vor der Haustüre. Nein, aufgefallen ist mir nichts. Was sollte mir denn aufgefallen sein? «

»Nun, wie uns bekannt wurde, sollen sich hier in dem Gebiet abends hin und wieder verschiedene Paare getroffen haben um, sagen wir mal, ihre Freizeit gemeinsam zu verbringen. Wissen sie etwas davon? «

»Hier gibt es doch nichts, wo man seine Freizeit verbringen könnte. Hier sind doch nur Firmen, Büros und der Gebrauchtwagenhandel. Ehrlich gesagt bin ich auch froh, wenn hier Feierabend ist und ich zu meiner Tochter nach Hause komme. Nein, - von dem was Sie da schildern weiß ich nichts. «

»Gut, das war es dann auch schon«, meinte Lisa, »vielen Dank für Ihre Auskünfte. Auf Wiedersehen«.

»Tschüss«, hörte Lisa die Sekretärin sagen, als sie die Türe hinter sich schloss.

Lisa ging zu dem großen, mit Maschendraht umzäunten Nebengrundstück, auf dem sich lange, feuerverzinkte Stahlträger, befanden. "Metallverarbeitung Stahl" stand auf dem Schild, das über dem Gebäude angebracht war. Es sah aus, als wären hier zwei Überseecontainer nebeneinandergestellt worden. Tatsächlich sah Lisa aber, als sie näherkam, dass es sich um ein, aus Stein gebautes, festes eingeschossiges Gebäude handelte. Auch hier bekam sie von Herrn Stahl, dem Inhaber der Firma, keine konkreten Hinweise auf die Tat oder einen hier stattfindenden Treff von Swingern.

»Also weiter«, dachte Lisa, als sie die Straße überquerte und an dem kleinen Parkplatz vorbeikam, auf dem so lustvolle Stunden stattgefunden hatten. Sie ging in die Einfahrt des angrenzenden Blumengroßhandels. Hier wurden täglich in mehreren großen LKW's Schnittblumen und Topfblumen angeliefert, die auf der riesigen Blumenversteigerung in Aalsmeer, kurz vor Amsterdam, ersteigert wurden. Dort ist die größte Versteigerung Europas in Sachen Blumen. Täglich werden dort aus der ganzen Welt kommend, Blumen über den Flughafen Schiphol, angeliefert, versteigert und mit LKW's verteilt.

»Guten Tag«, wiederholte Lisa nun schon zum dritten Mal an diesem Morgen, »Lisa Drollig, Kriminalpolizei Siegburg«.

»Auf Sie hab' ich schon gewartet«. Mit einer Zigarre in der Hand kam ihr der Lagerleiter des Blumenhandels durch den, mit Zigarrenrauch durchnebelten Raum, auf Lisa zu.

»Oh«, meinte Lisa und öffnete noch an der Eingangstüre stehend, die Türe, mit den Worten »Können wir vielleicht draußen reden? Hier ist mir zu viel Qualm«.

»Meinetwegen«. Achselzuckend schaute sich Albert Borinski, der Lagerleiter, im Inneren des Raumes um.

»Wieso haben Sie denn auf mich gewartet? «

»Wenn schräg gegenüber meinem Betrieb ein Mord geschieht, dann erwartet man doch, dass man befragt wird, ob man etwas gesehen hätte«

»Und? Haben Sie etwas gesehen? « fragte Lisa nun sehr interessiert.

»Nein, ich war am Vortag unterwegs, um einen liegengebliebenen Lastwagen umzuladen. Die Blumen wurden hier schließlich dringend gebraucht. Als ich dann gestern Vormittag wieder hier ankam, wurde gerade der rote Fiesta von ihren Kollegen sichergestellt. Ich hatte noch nachgefragt, ob man den Wagen nicht günstig erstehen könnte? Wissen Sie, meine Tochter sucht noch einen günstigen Wagen, aber die Polizisten hatten gesagt, er käme nun zur kriminaltechnischen Untersuchung, da es sich um ein Kapitalverbrechen handeln würde. Als ich dann das viele Blut auf den Sitzen sah, war mir klar, dass da wohl einer abgestochen wurde. Oder war es Selbstmord? «

»Wir stehen am Anfang der Untersuchung und dürfen keine Auskünfte erteilen. Sagen Sie, haben Sie schon mal etwas darüber gehört, was hier nebenan auf dem Parkplatz hin und wieder los war? «

Albert Borinski lachte lüstern, wobei er sich sehr provozierend über die Lippen leckte. »

»Ja klar, da bumsen die manchmal ganz offenherzig rum. Hab' ich mir schon mal mit den Kameras hier angeschaut«. Er zeigte auf vier Kameras, die rund um sein Grundstück aufgestellt waren. »Die hat die Geschäftsleitung installieren lassen um Langfinger abzuschrecken und bei Bedarf, Beweise für die Polizei zu haben. Leider ist es ja so, dass man diese Kameras nur auf sein Grundstück gerichtet installieren darf. Dem Techniker ist aber damals ein Fehler passiert, als er eine Kamera schwenkbar und mit Zoomobjektiv installiert hatte. Mit genau dieser Kamera habe ich dann nachts, als ich auf frische Ware aus Holland wartete, rein zufällig, den Parkplatz anvisiert und habe dort geile Mietzen gesehen, die sich beglücken ließen«.

Etwas angewidert drehte sich Lisa zur Seite, da sie den Eindruck hatte, er würde sie gerade mit seinen Blicken ausziehen.

»Und vorgestern? Haben die Kameras da auch irgendetwas zufällig aufgenommen? «

»Frau Kommissarin, - die dürfen doch nicht den öffentlichen Verkehrsraum beobachten«, grinste er, wobei er mit einem Auge zwinkerte.

Lisa ließ sich die Aufnahmen der letzten vierundzwanzig Stunden aushändigen, um sie auf dem Präsidium sichten zu können. Sie wollte sich nicht im übelriechenden Büro des Lagers die Aufnahmen ansehen. Leider ergab sich später tatsächlich nur ein Überblick auf den gesamten Gebrauchtwagenplatz.

*

Zeitgleich zu den Ermittlungen von Peter Ludwig und Lisa Drollig, kamen Thekla und Robert in Blankenberg an. Robert sollte sich nochmal im Ort nach dem Ruf der Familie Seins umhören, während Thekla noch einmal

Frau Seins befragen wollte. Vielleicht würde sie Hinweise, die im Zusammenhang mit dem Verbrechen stehen könnten, erhalten.

Robert ging von Haus zu Haus und befragte die Bewohner des kleinen Ortes, die zu Hause waren nach den Gewohnheiten und dem nachbarschaftlichen Verhältnis des Opfers. Von denen, die er zu Hause antraf hörte er nur Gutes über Herrn und Frau Seins, sowie über deren Tochter Barbara. Schade fand er, dass er die Wettermoderatorin, die er manchmal abends im Fernsehen sah, nicht antraf. Diese hatte sich nämlich hier auch ein schönes Haus gekauft.

Thekla saß im Wohnzimmer von Familie Seins, während Frau Seins gerade einen Tee zubereitete.

»Ist Ihnen noch etwas zu dem Tod Ihres Mannes eingefallen, was uns irgendwie bei den Ermittlungen dienlich sein könnte? « rief Thekla durch die offenstehende Türe in die Küche. Frau Seins kam in diesem Moment ins Wohnzimmer. Sie trug auf einem Servierbrett eine Kanne mit Tee, etwas Kandis in einer Schale und drei Tassen. Nachdem sie zwei Tassen eingegossen hatte sagt sie:

43

»Also ehrlich, mir ist da nichts eingefallen, außer, dass es vielleicht diese Schlampe gewesen sein könnte, mit der er sich schon längere Zeit traf«.

»Was wissen Sie darüber? Hat er mit Ihnen über eine außereheliche Beziehung gesprochen? «

Sie schüttelte den Kopf. »Nein, aber ich habe mal im Auto lange blonde Haare auf dem Beifahrersitz gefunden. Auf meine Frage, was das für Haare seien, wurde er nervös und sagte, er wisse nicht, wie die dahin gekommen seien. Frau Kommissarin, - also ehrlich, - da konnte man doch daran fühlen«.

Die Haustüre wurde aufgeschlossen und Barbara, die Tochter des Hauses, kam herein.

»Hallo Maus, komm rein, wir haben Besuch. Willst Du auch einen Tee? «

Frau Seins schenkte ihrer Tochter in die Tasse ein, ohne eine Antwort abzuwarten.

»Hallo«, begrüßte Thekla die sehr reif aussehende 16-jährige, »ich bin Thekla, darf ich Dir einige Fragen stellen? Es ist Dir doch recht, wenn ich "Du" sage? «

Barbara nickte mit niedergeschlagenen Augen und setzte sich in einen Sessel am Wohnzimmertisch.

»Zunächst einmal, mein herzliches Beileid«

Barbara nickte wieder, ohne Thekla anzusehen.

»Kannst Du mir bitte sagen, wann Du in der Nacht von Vorgestern auf Gestern nach Hause gekommen bist? Deine Mutter sagte, Du warst mit Deinem Roller unterwegs und gegen Mitternacht, als sie ins Bett gegangen war, noch nicht zu Hause gewesen«.

Barbara schaute wütend zu ihrer Mutter, sagte aber dann, dass sie gegen 2 Uhr zu Hause angekommen war.

»Wo warst Du denn so lange? « wollte ihre Mutter wissen, »kannst Du nicht Bescheid geben, wo Du die ganze Zeit warst und wann Du nach Hause kommst? Da macht man sich nicht nur Gedanken, bei wem sich der eigene Mann wieder aufhält, nein, - man sorgt sich auch noch um sein eigenes Kind! «

»Mama, - ich bin kein Kind mehr. Ich mache bald mein Abi«.

»Kannst Du mir denn sagen, wo Du warst? Dein Vater ist schließlich in dieser Nacht ums Leben gekommen«.

»Also hören Sie mal«, Frau Seins sprang wie eine Furie auf und wurde lauter, »das klingt ja, als ob meine Tochter ein Alibi braucht. Das ist ja unerhört«.

»Frau Seins«, Thekla versuchte nun mit leiser Stimme die Situation in den Griff zu bekommen, »das ist bei uns wie eine Berufskrankheit. Wir fragen instinktiv nach den Aufenthaltsorten und somit nach einem Alibi während einer Tatzeit. Es wurde festgestellt, dass Ihr Mann zwischen dreiundzwanzig Uhr und ein Uhr, ums Leben kam. Wenn Sie es nun genau nehmen wollen, haben Sie und Ihre Tochter kein zeugenfestes Alibi. Sie haben geschlafen und Ihre Tochter war nicht hier«.

»Stimmt«, kam die Antwort, als sich Frau Seins wieder setzte und an ihrer Tasse trank.

»Ich habe für diesen Zeitraum ein Alibi«, sagte Barbara leise.

Die beiden Frauen schauten das Mädchen fragend an.

»Kann ich Sie alleine sprechen? « fragte Barbara leise, in Richtung Thekla.

»Hast Du etwa Geheimnisse vor mir, - Deiner eigenen Mutter gegenüber? «

Thekla stand wortlos auf und deutete Barbara an, ihr zu folgen. Gemeinsam gingen sie zunächst vor die Haustüre, umrundeten dann jedoch das Haus und setzten sich auf eine Bank im Garten. Die Sonne stand hoch am Zenit und brachte unerbittliche Hitze. Thekla rückte den Sonnenschirm zurecht, der neben der Bank stand und setzte sich zu Barbara in den Schatten.

»Was möchtest Du mir denn sagen. Ich muss Dich aber vorab belehren, dass Du nichts sagen musst, was Dich irgendwie im Hinblick auf das Verbrechen belasten könnte«.

Barbara lächelte kopfschüttelnd, »Nein«, sagte sie, »es geht um das Alibi. Ich war an dem Abend mit meiner Freundin Jule verabredet. Wir wollten in Uckerath in den Club und feiern. Als wir dort waren, vergaßen wir beim Tanzen die Zeit. Außerdem hatten wir zwei süße Jungs kennengelernt. Jule ging gegen zehn nach Hause, sie hat ein strenges Elternhaus. Mein Tanzpartner, den ich an diesem Abend kennengelernt hatte drückte sich fest an mich und meinte, ich solle noch bleiben. Dabei küsste er mich heftig, was ich auch erwiderte. Nach einer Weile, - Jule war schon längere Zeit weg, meinte er, er hätte auf dem Parkplatz seinen VW-Bus stehen. »Komm, - wir gehen noch etwas dahin, - da sind wir ungestört«. Barbara senkte wieder den Kopf und verstummte.

»Und? Bist Du mitgegangen? « wollte Thekla wissen, da sie den Redefluss in Gang halten wollte.

Das Mädchen nickte. »Ich war so berauscht von der Musik, dem Tanzen und der ganzen Cola. Ich trinke nämlich keinen Alkohol. Aber vielmehr war ich berauscht von Tom. Er sah so toll aus und flüsterte mir immer so zärtliche Worte ins Ohr«.

»Hattet Ihr in dem Bus Sex, wovon Deine Mutter nichts wissen darf? «

»Mehrmals«, flüsterte Barbara. »Aber erzählen Sie das nicht Mama. Die meint immer noch ich sei ein unschuldiges kleines Mädchen, auf das sie Obacht geben muss«. Barbara erhob den Kopf und meinte weiter: »Aber wir hatten Kondome«.

Diesmal musste Thekla grinsen.

»So genau hättest Du mir das gar nicht erzählen müssen. Also, - Tom hieß der junge Mann. Und wie weiter? «

Barbara zuckte mit den Schultern.

»Was war das denn für ein VW-Bus? Hast Du das Kennzeichen? «

Wieder zuckte Barbara mit dem Kopf, meinte aber, der Bus wäre hellgrün oder weiß oder vielleicht doch blau gewesen. »Ich weiß es wirklich nicht, - ist das denn so wichtig? «

»Wann wollt Ihr Euch denn wiedersehen? Hast Du eine Handynummer? «

Barbara senkte den Kopf und schüttelte ihn wieder hin und her. Sie fing an zu weinen. »Kann es nicht einfach nur wunderschön gewesen sein, ohne sich direkt mit so etwas profanem wie den Austausch von Telefonnummern zu belasten? « fragte sie. »Sie denken und reden genau, wie meine Mutter es tun würde«.

Thekla nahm Barbara, die erwachsen sein wollte, jedoch wie ein pubertierendes Mädchen wirkte, tröstend in den Arm.

»Ja, hoffentlich. Ich weiß langsam auch nicht mehr so richtig meine Gefühlswelt einzuordnen. Erst geht zu Hause die Stimmung seit Monaten auf den Tiefpunkt, dann schreit Mama nur noch den ganzen Tag rum und heult wegen Papa. Dieser Mistkerl hat eine Andere und befasst sich nicht mehr mit uns. Früher konnte ich mit allem zu ihm gehen, aber seit einiger Zeit war er immer wie abwesend. Dann lerne ich den Typen kennen und habe wunderbare Stunden mit dem, wobei ich nicht weiss, ob ich ihn wiedersehe. Jetzt sind Sie hier und wühlen alles wieder auf. Ich weiß wirklich nicht weiter«.

»Alles ist gut«, meinte Thekla, »Du hast mir genug erzählt. Genieße Deine Erinnerung und hab keine Angst, - von mir erfährt Deine Mutter nichts.

Sie gingen zurück ins Haus, wo sich Frau Seins mit Bügeln, von all den wirren Gedanken die sie hatte, ablenkte.

Barbara verschwand sofort nach oben in ihr Zimmer.

»Konte Sie Ihnen weiterhelfen? « wollte die Mutter wissen.

»Ich habe neue Erkenntnisse gewinnen können, die aber nicht ermittlungsrelevant sind. Ich werde wieder gehen. Wenn noch Fragen anstehen, werden wir uns noch einmal an Sie wenden«.

Thekla verließ das Haus, gerade als Robert die Straße hinunterkam, um in Thekla's hellgrünen Twingo einzusteigen, der am Straßenrand geparkt war. Sofort hellte sich seine Miene auf. Jedes Mal strahlte und lächelte er auf*s Neue, wenn er diese tolle Frau sah. Er liebte Thekla abgöttisch, nur wollte er ihr das nicht immer so in aller Deutlichkeit zeigen.

*

Thekla erzählte Robert von den aufreibenden Dialogen zwischen Mutter und Tochter und wie aufgewühlt die Tochter gewesen war und belastet in der Familie.

»Aber, dann haben weder Frau Seins, noch ihre Tochter ein richtiges Alibi. Beide hätten jedoch ein Motiv für eine Tat gehabt, meinte Robert. Die Mutter hätte ein Motiv, wegen des Ehebruchs ihres Mannes und ihrer Angst, alleine gelassen zu werden, gehabt. Die Tochter hätte ein Motiv aus Hilflosigkeit in ihrer Pubertät, gehabt, die sich verraten vorkommen musste und von ihrem Vater "allein" gelassen worden zu sein«.

Thekla schaute Robert nun voll ins Gesicht: »So gesehen hast Du Recht. Nüchtern betrachtet hatten Beide ein Motiv«.

Thekla startete den Wagen.

»Und jetzt? « fragte Robert.

51

»Jetzt fahren wir mal nach Uckerath. Dort soll Barbara die besagte Nacht verbracht haben. Du weißt, ich muss immer Eindrücke von verschiedenen Orten sammeln und mich auf Geschehnisse einlassen. Vielleicht bekomme ich ja dort wieder mein gewisses "Bauchgefühl"? «

»Ach, Du schon wieder mit Deinem ominösen Bauchgefühl«.

»Du musst mir Recht geben, dass mich dieses Baugefühl schon oft auf eine richtige Fährte gebracht hat. Gerade wenn wir keinen Anhaltspunkt hatten. Außerdem habe ich Hunger und dort soll es eine Metzgerei geben, in der man etwas an einer "warmen Theke" essen kann«.

Mit "Essen" hatte Thekla ihn vollends überzeugt und er meinte:

»Dann aber schnell, worauf wartest Du noch? «

*

Bruno hatte eine Maus am Rande des Feldwegs entdeckt. Langsam und lautlos lief er zu der Stelle, an der das Nagetier im Gras verschwunden war, blieb stehen, legte den Kopf schief und sprang mit den Vorderpfoten in hohem Bogen ins Gras. Die Maus allerdings war so flink entwischt, dass Bruno mal wieder Pech hatte.

»Gut, dass er sich den Spieltrieb erhalten hat«, dachte sich Polizeiobermeister Arnold Steiger, der als Hundeführer bei der Bonner Bereitschaftspolizei im Einsatz war und seinen Diensthund auch mit nach Hause nahm, um das unbedingte Zusammengehörigkeitsgefühl bei dem Hund aufrecht zu erhalten. Bruno stand mit vier Jahren, mitten im Diensthundealter. Er hatte nach seiner einjährigen Ausbildung, auf Drogen abgerichtet zu sein, bereits mehrmalige Treffer, während Razzien, erreicht. Arnold hatte zwei freie Tage zwischen unterschiedlichen Dienstzeiten. Er genoss die Zeit mit Bruno außerhalb des Dienstes sehr, da er hier keinen Gehorsam abverlangte, sondern das Tier sich ausleben konnte, wie ihm beliebte. Auf der Rückfahrt von den Buisdorfer Sieg Auen nach Hause, kam Arnold der Gedanke, er könne bei den Siegburger Kollegen der KTU nachschauen, ob Hans-Peter dort wäre. Hans Peter hatte damals die Polizeiausbildung mit ihm gleichzeitig begonnen, war aber bei der Kriminaltechnik gelandet. Im Polizeipräsidium an der Frankfurter Straße angekommen, umrundete er mit Bruno, der schwanzwedelnd aus dem Pick Up gesprungen war, das Gebäude, um im rückliegenden Bereich durch die Garagen, zur KTU zu gelangen. Das riesige Rolltor war geöffnet. Die Mitarbeiter hatten es gerne, wenn bei dem warmen Wetter viel frische Luft in den Raum kam. Bruno, der Polizeischäferhund, lief von einem Mann zum anderen. Die meisten kannte er, denn er war schon einige Male hier, wenn er mit seinem Herrchen den Kollegen Hans-Peter besuchte. Im ausgiebigen Gespräch der beiden Männer, hörte Arnold ein leises Winseln von Bruno. Sofort drehte er sich um und schaute in Richtung des ausgebildeten Hundes. Dieses Winseln war Bruno anerzogen worden, wenn er einen "Fund" gemacht hatte. Dann setzte er sich sofort hin, schaute auf die Stelle des Fundes und fing an zu winseln. So auch jetzt.

»Was ist das für ein roter Fiesta? « fragte Arnold.

»Der ist gestern in Hennef sichergestellt worden. Mord mit mehreren Messerstichen. War ganz schön mit Blut versifft, der Wagen. Wir haben ihn kriminaltechnisch untersucht und die Ergebnisse an Thekla's Team weitergeleitet«.

»Aber da ist doch was«, bemerkte Arnold, der immer noch zu seinem Diensthund schaute.

Bruno indes, saß immer noch wie angewurzelt, schaute in den Innenraum des Wagens, drehte kurz den Kopf, um Arnold anzusehen, und schaute wieder mit einem Winseln in den Innenraum.

Die beiden Männer gingen nun auf Bruno zu, der aufstand, als sein Hundeführer auf ihn zukam. Mit der Schnauze berührte Bruno ein, auf dem Beifahrersitz liegendes Fernglas mit der Schnauze und zog sich danach sofort wieder zurückzog und setzte sich.

»Ach das Fernglas«, sagte Hans-Peter, »das lag blutverschmiert im Fußraum auf der Beifahrerseite. Leider konnten wir da keine Fingerabdrücke sichern. Wir haben es dann auf den Beifahrersitz gelegt. Was damit geschehen soll, müssen die Kollegen aus Thekla Sommer's Team entscheiden«.

Arnold fragte nach Schutzhandschuhen, holte das Fernglas mir den übergezogenen Handschuhen aus dem Auto und hielt es in Richtung des Hundes. Dieser stupste wieder winselnd mit der Schnauze dagegen.

»Da muss was drin sein, sonst würde Bruno nicht anschlagen«.

»Wir haben auf Fingerabdrücke untersucht, auf nichts sonst«, verteidigte sich Hans-Peter vorsichtshalber.

Vorsichtig schraubte Arnold die jeweils mit Schutzkappen versehenen Objektive vom Fernglas ab. Dabei hielte er es vertikal, dass er nun von oben in das Fernglas schauen konnte.

»Was haben wir denn da?« fragte er, als er zu dem an der Wand stehenden Tisch ging und das Fernglas über dem Tisch haltend, umdrehte.

Aus jeder Seite des nun offenen Gehäuses, fielen zwei kleine Plastiktütchen mit weißem Inhalt raus. Ganz offensichtlich verkaufsfertige Mengen.

Arnold grinste, schaute erst Hans-Peter an und dann Bruno, mit den Worten: »Gut gemacht, mein Lieber«.

Bruno schien dies genau zu verstehen, denn er schaute sein Herrchen an, legte den Kopf schief und hechelte, wobei er seine Zunge seitlich aus dem Maul hängen ließ. Eindeutig eine Geste der Freude bei Bruno.

Ein von Hans-Peter im Raum nebenan durchgeführter Schnelltest ergab, es handelte sich um Kokain.

»Gott sei Dank bist Du mit dem aufmerksamen Hund vorbeigekommen. Das hätten wir, so peinlich das auch ist, glatt übersehen, da wir nicht danach, sondern nur nach brauchbaren Fingerabdrücken, gesucht hatten«.

»Jetzt siehst Du mal wieder, dass auch unsere vierbeinigen Kollegen ihre vollwertige Berechtigung im Staatsdienst haben.« Lächelnd verabschiedete er sich, da Hans-Peter nun den Fund, in dem bereits abgegebenen Bericht, nachtragen musste.

*

»Oh nein, - die haben heute Ruhetag«, rief Robert.

Er zeigte auf das Schild der gläsernen Eingangstür. Robert war schon zur Metzgerei vorgegangen, als Thekla noch den Wagen verschloss, den sie auf dem Seitenstreifen abgestellt hatte. Sie drehte sich um und meinte: »Da drüben ist eine Bäckerei, die haben vielleicht auf«.

Robert sah sich schon mit einer lauwarmen Brühwurst und einem Brötchen am Tisch sitzen, war aber sehr überrascht, als die beiden an einem Tisch Platz genommen hatten und er in die Speisekarte schaute. Als die Bedienung kam, bestellte er:

»Ich hätte gerne eine doppelte Portion Leberkäse mit Spiegelei, Salat und ein großes Alsterwasser«. Er schaute zu Thekla, die ihm gegenübersaß und fügte sofort hinzu, »oh, - die Dame bestellt natürlich zuerst, - t´schuldigung.«

Thekla schüttelte lächelnd den Kopf und meinte, »Ich hätte gerne das gleiche, nur als einfache Portion und mit einem kleinen Alsterwasser«.

»Sagen Sie, ich hab da eine Frage«, fing Robert an, als die Bedienung das Essen brachte, »wir sind von der Kripo in Siegburg und ermitteln in einem Fall, der sich in Hennef zugetragen hat. Ich weiß, dass sich in so kleinen Orten wie Blankenberg oder Uckerath schnell einiges rumspricht«.

Die junge Bedienung, vielleicht fünfundzwanzig Jahre alt, wirkte irritiert und blickte verständnislos.

»Na ja«, meinte Robert, »vielleicht können Sie uns weiterhelfen. Hier im Großraum sollen sich schon mal

Paare an unterschiedlichen Orten treffen, die outdoor einer ungewöhnlichen Freizeitgestaltung nachgehen. Haben Sie davon schon mal gehört? «

»Meinen Sie diese Swingertreffen? «, fragte die junge Frau, wie selbstverständlich.

Diesmal war Robert irritiert und gab nur ein kurzes »Ja« zur Antwort.

»Also ich hab das noch nie gemacht, aber meine Freundin Doris, die war schon ein paarmal dabei«.

Thekla blickte auf, beeilte sich ihren Mund schnell zu leeren und verschluckte sich fast.

»Würden Sie uns sagen, wie diese Doris mit Nachnamen heißt und wo sie wohnt? Fragte Thekla.

Robert hatte schon seinen Notizblock und einen Stift aus seiner Jackentasche geholt. Dabei hatte die Bedienung die Dienstwaffe in Robert's Schulterhalfter gesehen und antwortete nun etwas eingeschüchtert:

»Doris Wagner, - sie wohnt da unten in Birth, der nächste Ort hinter Uckerath, in Richtung Hennef. Aber sagen Sie bitte nicht, dass Sie das von mir haben. Doris ist verheiratet und macht solche Sachen immer dann, wenn ihr Mann bei der Arbeit ist. Der ist Feuerwehrmann und hat öfter vierundzwanzig Stunden Dienst bei der Berufsfeuerwehr. Bitte, - wenn Doris erfährt, dass Sie das von mir haben, - wie Sie schon sagten, in so kleinen Orten spricht sich schnell einiges rum. Ich bin auf den Job hier angewiesen«.

»Keine Sorge«, meinte Robert, wobei er mit einem Auge zwinkerte, »bei der Polizei sind solche Informationen sicher«

Vor der Türe, als die beiden in Richtung Twingo gingen, bekam Robert Thekla's Ellenbogen in seine Rippen gerammt.

»Du sollst nicht rumflirten, wenn ich dabei bin«, meinte sie mit einem bissigen Unterton.

»Aber ich …«

»Komm endlich«, rief Thekla, die den Wagen schon aufgeschlossen hatte und bereits die Fahrertüre öffnete.

Sie hatten nur vier Minuten zu fahren.

»Auf der Westerwaldstraße« hatte die Bedienung gesagt, »schräg gegenüber der Knipse, ich meine, der

Radaranlage«. Genauere Angaben hatte sie keine machen können.

»Sind Sie Frau Doris Wagner? «fragte Thekla, die den Wagen am Straßenrand angehalten hatte, als sie eine Frau, sah, die gegenüber dem Starenkasten, im Garten arbeitete.

»Ja bitte«, kam die Antwort zurück, während sich die Frau aus gebückter Haltung aufrichtete und sich ihre langen blonden Haare aus dem Gesicht strich.

»Wir haben eine Frage an Sie. Moment bitte, ich parke gerade da vorne«, rief Thekla zurück.

»Hast Du die blonden Haare gesehen. So welche waren doch auch auf dem Sitz in dem roten Fiesta«, Robert war stolz, dass ihm das aufgefallen war.

»Da könnte was dran sein, aber nun mal langsam mit den wilden Pferden«

Diesen Spruch kannte Robert von Thekla noch nicht. Auch sie wunderte sich, warum sie gerade jetzt diese Redewendung benutzte, erinnerte sich aber daran, dass ihr Vater, langjähriger Leiter der Mordkommission Bonn, diesen Spruch öfter sagte, wenn Thekla während ihrer Ausbildung in der Polizeischule, zuhause von stets sehr theoretischen Fallbeispielen erzählte und stolz schnelle Lösungsansätze präsentierte.

Sie trafen sich am Gartenzaun des Hauses der Wagners. Frau Wagner von innen, auf dem Rasen stehend, die Kommissare von außen, auf dem Bürgersteig.

»Guten Tag«, Thekla zeigte ihren Dienstausweis, »Thekla Sommer und das hier ist mein Kollege Robert Hanf, Kriminalpolizei Siegburg«.

»Oh Gott, und Sie wollen zu mir? «

Thekla nickte. Wir kommen in einer etwas prekären Angelegenheit. Können wir vielleicht drinnen weitersprechen? «

»Nein, - also, - ich habe jetzt gar keine Zeit. Mein Mann kommt gleich von der Arbeit, ich habe Essen auf dem Herd und bin gerade noch dabei, den Zeitungsmüll, den die Nachbarskinder hier verteilt haben, einzusammeln. Worum geht's denn? «

Robert war es zu bunt.

»Frau Wagner, es geht um die Swingertreffen und um die Frage, ob Sie Knut Seins gekannt haben, der jetzt in der Rechtsmedizin liegt und gerade wieder seinen Bauch zugenäht bekommt«.

»Nicht so laut«, zischte Doris Wagner durch aufeinander gepresste Zähne. »Kommen Sie heute Nachmittag nochmal. Dann hat sich mein Mann schlafen gelegt. Nein, - besser wir treffen uns an der Bank, am Ortseingang«.

Thekla konnte es nicht fassen. Da wird der Kripo gesagt, wann und wo man zu erscheinen hat, um eine Aussage aufzunehmen.

»Frau Wagner«, machte Thekla nun eine ernste Ansage, »ich habe Verständnis dafür, dass Sie vor Ihrem Mann diesbezüglich keine Aussage machen wollen. Wir erwarten Sie heute Nachmittag gegen sechzehn Uhr im Polizeipräsidium Siegburg. Sollten Sie nicht kommen, werden wir Sie polizeilich vorführen lassen. Das wird dann hier jeder mitbekommen«.

Doris Wagner riss die Augen weit auf.

»Bloß das nicht. Ich komme garantiert« Sie schaute auf die Uhr. »Jetzt sind es gleich dreizehn Uhr. Mein Mann kommt jetzt, dann wird er essen und sich danach hinlegen. Ich werde ihm sagen, dass ich das Auto brauche, um in Hennef frische Sachen einzukaufen. Ja, - so wird es gehen, ich werde um sechzehn Uhr bei Ihnen sein«.

Thekla startete den Twingo, um auf die Bundesstraße 8 in Richtung Hennef zu fahren.

»Das wird dann heute eine späte abendliche Fallbesprechung«, stellte Robert fest.

Nickend stimmte Thekla zu und meinte ergänzend: »Und ich werde mein Training beim Kick Boxen auch vergessen können. Dafür laufe ich aber dann die doppelte Strecke um den Michaelsberg. Läufst Du mit? «

Robert schaute Thekla an und wollte sie gerade fragen, ob sie irgendwas geraucht hätte, oder warum sie solch wirre Gedanken hätte, als Thekla's Handy Alarm schlug.

Robert nahm das Gespräch an. Er sah im Display den Namen ihres Vorgesetzten und meldete sich mit:

»Hallo Alfred, was gibt's, wir sind gerade auf dem Weg zurück ins Präsidium«.

»Hallo Robert, - wo seid Ihr denn jetzt? « fragte Alfred Bollenkamp.

»Zwischen Hennef-Birth und Hennef-Käsberg«

»Dann dreht um. Wir haben einen weiteren Fall in Buchholz. Auf der Asbacher Straße, kurz hinter dem Ortsausgang ist ein Mann mit Messer in der Brust in seinem Auto gefunden worden. Da ist so ein kleines Wäldchen, links von der Straße, da müsst Ihr in einen Feldweg abbiegen. Die Kollegen sind vor Ort und weisen Euch ein. Lisa und Peter sind schon auf dem Weg über die A3 und nehmen die Ausfahrt Bad Honnef/Linz. Wahrscheinlich kommt Ihr zur gleichen Zeit an«.

»Alles klar, - verstanden«. Robert legte auf.

»Wird wohl nichts mit Deinem Laufen und den Termin mit Frau Wagner werden wir auch umlegen müssen«

»Was ist denn jetzt schon wieder so wichtig, dass es vor unsere Ermittlungen geht? « wollte Thekla wissen.

»Neue Ermittlungen in einem weiteren Mord«, meinte Robert, der nun auch seinen Plan nach einer schnellen Currywurst bei Fritten Paul in Siegburg-Kaldauen, vergessen konnte. Das war sein Stammimbiss mit der, wie Robert meinte, besten Currywurst ganz in der Nähe des Wohnortes Siegburg-Stallberg.

*

65

Die Spülmaschine war ausgeräumt und die Küche geputzt. Im Wohnzimmer war wieder Ordnung und auf dem Tisch stand ein Strauß frischer Blumen. Jana Kaminski hatte David geschickt, diese Blumen zu besorgen. Er sah zwar keinen Sinn darin, Jana's Mutter, die heute mit David's Vater aus ihrem Hamburger Kurzurlaub wieder erwartet wurde, Blumen zu kaufen.

»Wir haben doch keinen Muttertag«, hatte er gesagt, aber Jana bestand darauf ihrer Mutter eine Freude zu bereiten.

»Also wirklich, manchmal denke ich, Du hast keine Ahnung von uns Frauen. Mit Blumen öffnet man das Herz und bereitet eine harmonische Stimmung«, hatte sie gesagt.

Die Haustür wurde aufgeschlossen und froh gelaunt betraten die Beiden Heimkehrenden die Wohnung. Bernd Lay, David's Vater wollte schnell seinen Koffer abstellen, bevor er Doris zu ihrer Wohnung, ein paar Straßen weiter begleiten wollte. Sie sollte ihren Koffer nicht alleine tragen.

»Oh wie schön«, meinte Doris. Ihr fiel sofort der gute Duft in der Wohnung und die frischen Blumen im Wohnzimmer auf. »Das ist aber eine schöne Begrüßung. An Deinem Sohn kannst Du Dir ein Beispiel nehmen. Er weiß, was Frauen mögen«. Lächelnd gab sie ihrem Schatz einen Kuss auf die Wange.

»So kenne ich David gar nicht«, meinte Bernd und schaute sich verwundert um. »Sogar die Spülmaschine ist ausgeräumt«.

Schnell brachte er seinen Koffer ins Schlafzimmer. Zum Ausräumen wollte er sich am Abend Zeit nehmen. Jetzt war es wichtig, Doris nach Hause zu begleiten und dort mit ihr in aller Gemütlichkeit einen Kaffee zu trinken.

Doris öffnete die Haustüre zu ihrer Wohnung. Auch hier nahm sie sofort den frischen Duft und die Blumen auf dem kleinen Tisch, neben dem restaurierten französischen Dielenschrank aus der Normandie, wahr. Ein Lächeln zog sich um ihre Mundwinkel, denn nun erkannte sie, dass ihre Tochter wohl verantwortlich war für den schönen Blumenempfang bei Bernd, aber auch hier.

»Mausi«, rief Doris, »wir sind wieder da«.

Die Türe von Jana's Zimmer ging auf und Jana fiel ihrer Mutter, als hätten sie sich wochenlang nicht mehr gesehen, in die Arme. Dabei war es nur ein verlängertes Wochenende mit Musicalbesuch.

»Schön, dass Du an die Blumen zur Begrüßung gedacht hast, genau wie David in der Wohnung für Bernd«, dabei blinzelte sie Jana zu, die schmunzelnd zu Bernd blickte. »Ist David hier? « fragte Doris.

Er kam aus Jana's Zimmer und begrüßte die beiden Elternteile, indem er die Hand hob und ein kurzes »Hallo zusammen, schön dass Ihr wieder da seid«, hervorbrachte, bevor er sich aus dem Kühlschrank einen "Red Bull" holte und wieder in Jana's Zimmer verschwand.

»Wir lernen für die nächste Klausur«, erklärte Jana, »ich geh dann auch wieder«. Sie drehte sich um und nahm sich eine Flasche Wasser aus dem Kasten, neben dem Kühlschrank.

»Ist gut Mausi«, meinte Doris und an Bernd gewandt »ich mach uns mal einen guten Kaffee. Den können wir nämlich nach der langen Fahrt jetzt gut gebrauchen«.

Doris schloss die Türe zu ihrem Zimmer. Sie sah zu David, der gedankenversunken vor seinem Laptop saß und wie in einer anderen Welt, mit den Zombies in einem neuen Game zockte. Jana saß vor ihrem PC und ging die neuesten Ankündigungen und Post's in Facebook durch. Sie stockte, als sie an eine Mitteilung, mal wieder aus einer Hennefer Gruppe, kam.

Meine Frau gehört mir,

das war Nummer zwei,

mir geht es jetzt gut,

bald kommt Nummer drei.

»Schau mal David«, sagte sie. David allerdings war wie hypnotisiert und starrte auf seinen Bildschirm.

»David! «, rief Jana nun so laut, dass ihre Mutter es bestimmt gehört hatte. Nun reagierte auch David und schaute erschrocken zu seiner Freundin.

»Was ist? « fragte er genervt.

»Schau mal hier«, Jana zeigte auf den Bildschirm, »wieder so ein komisches Posting in der Hennefer FB-Gruppe. Da hat wieder jemand etwas Verstörtes gepostet.

Genau wie gestern. Das macht mir irgendwie ein schlechtes Gefühl«.

David schaute auf den Bildschirm, überflog die vier Zeilen und meinte, »Ach, wieder der Spinner, - gib nichts darum. Du weißt doch, dass sich sehr viele da aufhalten, die sich einfach nur wichtig machen wollen«. Er drehte sich um, schaltete das Spiel wieder auf "GO" und tauchte erneut in die Welt der Technik ein.

*

Die Spurensicherung war schon vor Ort und hatte den Bereich um den vermeintlichen Tatort weiträumig um den silberfarbenen Mercedes, in dem der Tote im Fahrersitz saß, abgesperrt.

»Vorsicht! Da sind viele Fuß- und Reifenspuren«, rief der Leiter der Männer, die in ihren weißen Overalls den Wagen und die Umgebung absuchten, um die Spuren zu sichern. Thekla, Robert, Peter und Lisa blieben abrupt vor dem Flatterband stehen. Tatsächlich war es so, wie Bollenkamp vermutet hatte. Die Kollegen trafen zeitgleich am angegebenen Ort am Rande von Buchholz ein. Während einer der Männer die sichtbaren Spuren in dem lehmigen Boden fotografierte und dann mit Gips ausgoss, um Negativabdrücke zu sichern, kam der Leiter der Abteilung zu Thekla und meinte, »Jetzt kannst Du vorsichtig kommen«, dabei hob er das Absperrband hoch. Thekla sah den toten Mann nun von nahem. Die Mordwaffe, ein beidseitig geschliffenes Jagdmesser, steckte in der Brust des Mannes. Wahrscheinlich hatte der Täter sofort ins Herz gestochen. Das reichhaltig ausgetretene Blut sprach dafür.

»Ein Stich ins Herz, keine Kampfspuren ersichtlich, Todeszeitpunkt vor etwa acht bis zehn Stunden. Mehr nach der Obduktion«, meinte der Mann, der nun hinter Thekla getreten war. »Hier, das war im Handschuhfach, neben einer angebrochenen Packung Kondome«. Thekla nahm ein Etui entgegen, darin der Fahrzeugschein des Mercedes und der Personalausweis des Toten.

»Franz Hochheim, vierundvierzig Jahre, wohnt in Königswinter-Rottbitze«, sagte Thekla und nahm die Papiere an sich. In Richtung der Spurensicherung meinte

71

sie »bitte schnellstmögliche Ergebnisse an mich. Es kann sein, dass es zu einem anderen Fall passt, den wir gerade bearbeiten«.

»Du meinst den Toten aus dem roten Fiesta von gestern? «, fragte der Kollege.

Thekla nickte gedankenversunken, drehte sich um und ging zu den, an der Straße Wartenden, zurück.

»Sexuell motivierte Tat? « fragte Lisa.

Thekla zuckte mit den Schultern. »Dazu gibt es noch keine Erkenntnisse. Er war jedenfalls komplett bekleidet«.

Robert ging dicht neben Thekla am Straßenrand der unbefestigten Landstraße. »Hast Du die breiten Reifenspuren gesehen? Sieht nach einem Pick Up oder einem Mercedes-Bus aus«.

»Das werden uns die Kollegen in dem Bericht sicher genauer mitteilen können. Wir fahren jetzt zu der Adresse des Herrn Hochheim«.

Thekla schaute auf die Armbanduhr, die Robert ihr zum ersten Jahrestag ihres Zusammenseins geschenkt hatte.

»Gleich ist der Termin im Präsidium mit Frau Wagner«, meinte sie, als sie sich zu den Kollegen umdrehte, »die Aussage ist mir sehr wichtig. Robert, kannst Du bitte mit Lisa die Adresse des Toten aufsuchen? Vielleicht war er verheiratet und Ihr könnt Auskünfte über Arbeitsplatz, Gewohnheiten und so weiter erfahren. Das übliche halt. Wir treffen uns dann im Präsidium und tauschen im Team unsere Erkenntnisse aus«.

»Alles klar«, meinte Robert, der lieber mit Thekla gefahren wäre. Todesnachrichten überbringen gehörte nicht zu seinen Lieblingsaufgaben, die jedoch zum Aufgabenbereich der ermittelnden Beamten der Mordkommission gehörten.

*

Thekla kam fünfzehn Minuten nach der verabredeten Zeit im Siegburger Präsidium an. Als sie die letzten Stufen der Treppe hoch lief, hörte sie bereits auf dem Flur, in dem die Dienstgruppe II der Mordkommission ihre Büros hatte, wie sich Doris Wagner, die zur Vernehmung geladen war, lautstark darüber aufregte, dass sie doch einen Termin hätte und schließlich ihre Zeit auch nicht gestohlen hätte.

»Wann kommt denn endlich diese Kollegen-Tussi? « fragte sie gerade, als sie Thekla auch schon um die Ecke kommen sah.

Thekla lächelte. Mit ausgestreckter Hand ging sie auf Doris Wagner zu und meinte:

»Irgendwie ist der Lärm im Straßenverkehr so laut, dass man noch Minuten später Geräusche im Ohr hat. Habe ich doch gerade tatsächlich das Wort "Tussi" gehört«.

»Wie man sich doch vertuen kann? Auch ich habe manchmal solche akustischen Täuschungen. Das kann aber auch ein Zeichen für anhaltenden Stress sein. Dann wehrt sich der Körper auf unterschiedlichste Weise«, meinte Frau Wagner.

Thekla öffnete die Türe zu ihrem Büro und zeigte hinein. »Bitte schön«, sie zeigte in Richtung Schreibtisch, »nehmen Sie Platz. Haben Sie Erfahrungen mit solchen psychischen Krankheitsbildern? « fragte Thekla.

»Ein wenig habe ich mir angelesen«, meinte Frau Wagner, als sie Platz nahm, »mein Mann hat, wohl bedingt durch seinen Beruf, den er seit fast zwanzig Jahren ausübt, hin und wieder Probleme mit seiner Psyche. Mal zeigt er einige Monate depressives Verhalten, mal ist er einige Zeit hyperaktiv und möchte dann Dinge in seinem Leben zum Positiven verändern, die schier unmöglich erscheinen. Die Ärzte nennen das eine rezessive bipolare Störung. Deshalb habe ich viel über Verhaltensauffälligkeiten und deren Ursachen gelesen«.

»Von so etwas habe ich auch schon mal gehört«, meinte Thekla, die zwischenzeitlich ebenfalls am Schreibtisch Platz genommen hatte. »Deshalb habe ich sie aber nicht kommen lassen. Sie wollten bei Ihnen zu Hause nicht über eine Sache vernommen werden, die eine unserer Mordermittlungen betrifft«.

»Dieses Thema ist mir sehr unangenehm und ich möchte auf keinen Fall, dass bei uns im Dorf jemand etwas davon mitbekommt. Wir haben uns dort vor ein paar Jahren ein kleines Häuschen gekauft. Wir können nicht, wegen einem Dorftratsch, dort wegziehen, obwohl mein Mann, wenn er in seiner "Manischen Phase" ist, öfter davon redet, er wolle jetzt die Welt komplett verändern und mit mir ein Haus in Kalifornien kaufen. Er hätte so tolle Ideen im Kopf, die die Welt verändern würden und die bestimmt von Donald Trump gekauft werden würden. Wir hätten dann so viel Geld, dass wir ungestört seinen Traum von einer Rinderzucht im südlichen Teil Kaliforniens, umsetzen könnten«.

»Frau Wagner, - was genau soll in dem kleinen Ort "Hennef-Birth" nicht erzählt werden? «

Frau Wagner senkte den Kopf und schaute auf die Tischplatte. Zögerlich fing sie an zu erzählen:

»Wir sind jetzt neunzehn Jahre verheiratet. Irgendwann fing es an, dass es im Bett nicht mehr so funktionierte wie sonst. Mal war es, dass ich einfach keine Lust hatte, wenn mein Mann mal wieder seine nervenden Phasen hatte, - Mal war es so, dass mein Mann eben nicht so konnte, wie er wollte. – Sie verstehen schon? «, sie schaute Thekla an.

»Nein, - ich verstehe nicht«, antwortete diese. Als Polizistin durfte sie bei Vernehmungen keine eigenen Gedanken oder Rückschlüsse einfließen lassen. Das würde immer ein verfälschtes Bild geben und unter Umständen entscheidende Hinweise verschleiern.

»Na ja, Erektionsstörungen halt«.

»Aber das haben doch viele Männer, ab einem gewissen Alter und wenn dann auch noch stressige

76

Faktoren hinzukommen«, versuchte Thekla, die für Frau Wagner anscheinend peinliche Situation abzumildern.

»Ja schon, aber bei uns war es so, dass mein Mann vor etwa zwei Jahren davon erfahren hatte, dass es da so ein Treffen verschiedener Paare gab, die sich an recht unterschiedlichen Plätzen ab und zu trafen, um miteinander Spaß zu haben«, Frau Wagner lächelte verlegen, als Thekla das wortlos aber nickend als wissend bestätigte.

»Und da waren Sie auch mal? « stellte Thekla in den Raum.

Der Blick von Frau Wagner senkte sich erneut.

»Ulf, mein Mann, kam eines Abends auf der Couch eng an mich gerückt und erzählte mir von dem, was er da gehört hatte. »Sollen wir da auch mal hin und mitmachen?« fragte er. Dabei hatte er ganz leuchtende Augen, so als ob er in Gedanken schon andere Frauen vernaschen würde und mir dabei zusah, wie andere es mit mir trieben. An jenem Abend stieß ich Ulf von mir weg und schaute ihn erschrocken mit großen Augen an. Als wir dann nebeneinander im Bett lagen und er bereits schnarchte, dachte ich doch darüber nach, wie es wäre, es

77

mit anderen Männern zu tun, während mein Mann mir dabei zuschauen würde. Ich merkte ein sehr angenehmes Kribbeln in meinem ganzen Körper und meine Phantasie wurde immer umschweifiger. Ich hatte gar nicht gemerkt, wie meine Hand unter die Bettdecke gerutscht war, auf jeden Fall erlebte ich, seit langem mal wieder, einen Hochgenuss«, bei dem Wort Hochgenuss erhob sie ihren Kopf und schaute mich schuldbewusst an.

»Und dann waren Sie mit Ihrem Mann bei so einem Treffen? «

»Ja, - zwei Wochen später fuhren wir zu so einem Treffen, an einen Steinbruch im Siegtal. Zu Beginn lag knisternde Spannung in der Luft, als aber dann die Pärchen alle aus den Autos stiegen und es zur Sache ging, sah ich, dass Ulf gar keine Erektionsstörungen mehr hatte. Ganz im Gegenteil. Ich ließ mir die Berührungen der anderen Männer gefallen und gab mich ihnen ganz hin. Es war wundervoll«.

»Blieb es bei dem einmaligen Treffen? « wollte Thekla wissen.

»In den nächsten Monaten wollte Ulf etwa alle zwei Wochen zu solchen Treffen. Ich tat ihm den Gefallen, schließlich hatte ich auch Lust daran gefunden. Auf einmal kamen bei meinem Mann aber doch Bedenken. Ich würde ihn betrügen und wieso ich bei den Männern immer so wild wäre, - so hätte ich mich ihm nie geöffnet. Er war ganz komisch geworden und ich hatte mit meiner Vermutung recht, dass er am Beginn einer neuen depressiven Episode stand. Ulf musste sich krank schreiben lassen und auch für zwei Wochen in einer Klinik behandelt werden. Als er zurückkam, war er zwar medikamentös eingestellt, aber immer noch umgab ihn ein Gefühl der Hilflosigkeit«.

»Seit wann geht Ihr Mann wieder arbeiten? Sie sagten mir ja heute Vormittag, er sei auf der Arbeit bei der Berufsfeuerwehr«.

»Mein Mann arbeitet wieder seit etwa einem viertel Jahr. Gott sei Dank ist er im Beamtenverhältnis und kann nicht so schnell gekündigt werden. Gerade bei so einem Krankheitsbild«.

»Wie gehen Sie denn mit dieser, sagen wir mal, sexuellen Disharmonie um? «

»Ich muss gestehen, ich habe mich einige Male mit den Männern alleine getroffen, mit denen ich da auf den Swingertreffen …«

»Alleine? « fragte Thekla nach.

»Ja, alleine. Mit Knut Seins aus Blankenberg, mit Franz Hochheim aus Rottbitze und mit Toni Lammers aus Allner«.

Thekla schaute in die Notizen, die sie sich eben am Tatort in Buchholz gemacht hatte.

»Franz Hochheim aus Rottbitze? « fragte sie nach.

»Ja«, bestätigte Doris Wagner.

»Was fährt er denn für ein Auto? «

»Einen Mercedes, mit so richtig viel Platz auf dem Rücksitz«, Doris bekam rote Wangen und schaute beglückt in Richtung Decke.

»Knut Seins ist gestern Morgen in einem Hennefer Gewerbegebiet erstochen, in seinem Fiesta aufgefunden worden und Ulf Hochheim wurde heute Mittag in Buchholz, ebenfalls erstochen aufgefunden. Frau Wagner, dass macht Sie und Ihren Mann zu Verdächtigen. Sie Beide kannten die Opfer«.

»Aber ich war doch zu Hause. Sie haben mich doch bei mir im Garten angesprochen«.

»Und gestern? « wollte Thekla wissen.

»Da bin ich, als mein Mann zur Arbeit gegangen war, von meiner Schwester abgeholt worden. Wir waren zusammen in Eitorf Eis essen und danach in Kircheib. Dort ist eine Ausstellung mit kleinen und mittleren Holzhäuschen für den Garten. Meine Schwester und ihr Mann wollen sich so etwas anschaffen«.

»Und Ihr Mann, war er die ganze Zeit auf der Arbeit?«

»Ja, bei der Berufsfeuerwehr hat man vierundzwanzig Stunden Dienste. In der Regel hat man danach zwei Tage frei, bevor man wieder so einen langen Dienst beginnt«.

»Wann fängt Ihr Mann in der Regel an, zu arbeiten? « wollte Thekla wissen.

»Normal sind die Dienste immer von mittags zwölf Uhr bis am nächsten Mittag um zwölf«.

»Okay, Frau Wagner, ich habe mir das Wichtigste notiert. Sollten wir noch Fragen haben, rufen wir Sie an«, meinte Thekla und erhob sich vom Stuhl.

»Bitte nicht anrufen«, flehte Frau Wagner, »mein Mann darf doch nichts davon erfahren, dass ich hinter seinem Rücken ...«

»Das wird sich im Zuge unserer weitreichenden Ermittlungen jetzt wohl nicht mehr verheimlichen lassen. Am besten wäre es, wenn Sie Ihrem Mann die Wahrheit sagen.«

Doris Wagner ging sehr bedrückt über den Flur vom Büro der Mordkommission in Richtung Treppe, um sich in den abgestellten Wagen vor dem Haus, erst einmal von dem Schock zu erholen.

Thekla hingegen ließ sich in den Bürostuhl fallen, strich sich mit der linken Hand die Haare aus der Stirn und fragte sich: »nymphoman?«

*

Bei der abendlichen Fallbesprechung im kleinen Besprechungsraum des Polizeipräsidiums Siegburg waren

die ermittelnden Beamten der Dienstgruppe II anwesend.
Auch Sybille Salz, die vom ermittelnden Außendienst in
den administrativen Innendienst gewechselt war, saß am
ovalen Besprechungstisch. Auf ihre langjährige
kriminalistische Spürnase wollte Thekla niemals
verzichten. Schon oft führten ihre Gedanken zu
bestimmten Sachverhalten in die entscheidende Richtung.
Die einzelnen Fakten zu den beiden Morden wurden auf
das, fast die halbe Wand einnehmende, Whiteboard
geschrieben. Die Anschaffung dieses Hilfsmittels hatte
sich als sehr nützlich erwiesen, da so Verknüpfungen zu
anderen Fällen aussagekräftig dargestellt werden konnten.
Thekla schrieb auf die linke Seite der beschichteten
Kunststofftafel die Fakten zum Fall Seins und auf die
rechte Seite die Fakten zum Mordfall Hochheim. Lisa und
Peter hatten von Frau Hochheim erfahren, nachdem diese
sich von dem ersten Schrecken der Todesnachricht erholt
hatte, dass sie auf Nachfrage, Angaben zu dem getöteten
Knut Seins, machen konnte. Es war ihr offensichtlich
äußerst unangenehm, aber sie gab an, Knut Seins von
gemeinsamen Treffen einer Gruppe von Leuten zu
kennen, die sich etwa vierzehntäglich outdoor mit den
Autos trafen, um gemeinsame Freizeitaktivitäten zu

genießen. Herr Seins sei dort aber nie mit seiner Frau gewesen, sondern immer als gern gesehener passiver Zuschauer. Bei diesen Treffen lag der Reiz darin, von Fremden beobachtet zu werden. Erst später hätte man ihn auch hin und wieder mitagieren lassen. Weiteres konnte sie zu ihm nicht sagen. Sie glaubte, dass sie mitbekommen hätte, wie sich eine blonde Frau mit ihm verabredete, um sich mit ihm außerhalb des üblichen Swingertreffens alleine zu treffen.

»Ist es denn üblich, dass man sich in diesen Kreisen auch alleine trifft? « wollte Sybille interessiert wissen, »gehört denn da nicht ein gewisser Codex zu, wie z.B. nichts Persönliches von anderen zu erfragen, um eine gewisse Anonymität zu gewährleisten? «

»Davon habe ich auch schon mal gelesen«, warf Lisa ein, »es gibt da so etwas wie Gruppenregeln, woran sich jeder zu halten hat, ansonsten droht Ausschluss aus der Gruppe«.

»Unter diesen Umständen ist es vielleicht möglich, dass sich sowohl Knut Seins, als auch Franz Hochheim nicht an die Gruppenregeln gehalten haben, aber diese

Männer deshalb sterben zu lassen? « gab Robert zu bedenken.

Thekla zeichnete Verbindungslinien von der rechten und linken Seite hin zur Mitte, wobei sie dort den Namen "Doris Wagner" notierte.

»Diese Frau hat eben in der Vernehmung erzählt, diese beiden Männer von den Gruppentreffen gekannt zu haben. Sie hatte sich aber auch mit ihnen alleine und nicht bei den gemeinsamen Gruppentreffen verabredet. Dies geschah immer dann, wenn ihr Mann auf seiner Arbeitsstelle war«.

»Also ist sie jetzt eine Verdächtige? « wollte Lisa wissen.

»Ich denke nicht«, gab Thekla zu, »beim ersten Mord war sie mit ihrer Schwester Eis essen und danach einkaufen und kurz nach dem zweiten Mord hatten wir sie zufällig im Garten ihres Hauses angetroffen. Da die Familie aber nur ein Auto hat, kann sie nicht so schnell von dem, einige Kilometer entfernten Tatort, wieder nach Hause gekommen sein«.

Die Türe zum Besprechungsraum wurde geöffnet und Alfred Bollenkamp kam herein. In der Hand zwei Berichte der Spurensicherung.

»Hier, Thekla, der Bericht der Haaranalyse, die Du in Auftrag gegeben hattest. Die blonden Haare aus dem Fiesta und dem Mercedes, sowie von dem Stuhl in Deinem Büro, sind alle identisch«.

»Haare vom Bürostuhl? « fragte Robert sehr interessiert.

»Nach der Vernehmung von Frau Wagner hatte ich auf dem Stoffbezug der Rückenlehne zwei lange blonde Haare der Frau gefunden. Ich wollte diese mit den gefundenen Haaren in den Autos der Toten, als Beweis abgleichen lassen. Dies bestätigt nun die Aussage von Frau Wagner, dass sie in beiden Autos, wahrscheinlich zum Zwecke des Beischlafs, gewesen war«.

»Das hier wird Dich aber wahrscheinlich noch mehr interessieren«, sagte Bollenkamp und hielt Thekla einen zweiten Bericht der KTU hin.

»Kokainfund auch in dem Mercedes? « Thekla schaute fragend zu ihrem Vorgesetzten.

»Ja, auch hier wurden zwei, in kleinen Mengen abgepackte Einheiten der Droge gefunden. Mach' was draus«, meinte Fred, wie er liebevoll von seinen Leuten genannt wurde, und verschwand wieder auf dem Flur.

»Ermitteln wir vielleicht in die falsche Richtung? « schaltete sich nun auch Peter Ludwig ein. »Geht es hier vielleicht sogar um Drogenkriminalität? «

Robert zuckte mit den Schultern, denn er war der Meinung, diese Frage wäre an ihn gerichtet gewesen.

»Ich habe noch nie gehört, dass Drogendealer mit Messerstichen bestialisch abgestochen werden« meinte Lisa.

»Aber wenn ein Junkie seinen Stoff nicht bekommt, stelle ich mir vor, dass er unberechenbar ist und unter Umständen auch wie von Sinnen versucht, seinen Stoff zu bekommen. Vielleicht waren die beiden Toten so etwas wie "Kleindealer"? « meinte Robert.

»Das kann ich mir nicht vorstellen«, meinte Thekla, »beide hatten feste Berufe. Der eine als Beamter bei der Feuerwehr, der andere als Hausmeister bei der Polizei. Ich halte es für unwahrscheinlich, dass Beide mit Drogen dealten«.

»Fakten«, meinte Robert und hielt beide Arme seitlich nach oben gestreckt.

»Ja, klar, - das sind Fakten und wir werden selbstverständlich auch in diese Richtungen ermitteln, obwohl wir von Fred sicherlich noch Leute zugeteilt bekommen. Wir haben Urlaubszeit und im Moment haben auch die anderen Dienstgruppen dringende Fälle vorliegen«, meinte Thekla in die Runde.

»Also weitere Überstunden«, flüsterte Peter in Richtung Sybille.

»Nicht unbedingt«, gab diese, für alle hörbar, zur Antwort. »Ich erinnere mich, dass wir in den achtziger Jahren, als ich noch zur Uni ging, hin und wieder zur Luststeigerung und um einen noch stärken Kick zu bekommen, folgendes Ritual abhielten. Wenn es "zur Sache" gehen sollte, rieben sich die Jungs ein weißes Pulver zwischen Zähne und Oberlippe. Das gleiche machten Sie unter der Zunge. Die waren anschließend kaum noch zu bremsen. Auch wir Mädchen hatten das manchmal probiert und ich kann Euch sagen, - es hatte seine Wirkung. Was das für Pulver war, hatte ich nie in

Erfahrung bringen können, aber ich denke schon, dass es Kokain war«.

»Das habe ich auch schon gelesen«, meinte Lisa, »der leichte Konsum von Kokain hatte damals den gleichen Effekt, wie heutzutage Viagra«.

»Echtzeitrecherche? « fragte Robert, in Richtung Lisa blickend.

Diese schaute ihn mit aufgerissenen Augen an, worauf sich Robert prustend die Hand vor den Mund hielt und sich umdrehte.

»Robert, bitte sachlich bleiben«, forderte Thekla ihren Lebensgefährten auf.

»Recherchen sind immer sachlich«, entgegnete er, wieder die Hand vor den Mund haltend, als ob er etwas Verbotenes gesagt hätte.

»Wir haben morgen so einiges vor«, beendete Thekla die Besprechung. »Unter anderem, werden wir auch recherchieren, woher die Männer das Kokain hatten und was es damit auf sich hatte. Ach ja, - wir müssen auch einen gewissen Toni Lammers aufsuchen und befragen. Mit ihm hatte Doris Wagner ebenfalls mehrmals außerehelichen Sex. Auch ihn hatte sie bereits mehrmals bei den Sextreffen der Gruppe gesehen und dann alleine kontaktiert«.

»Kontaktiert? – Du meinst kopuliert? « Robert spielte mal wieder den Clown, so schien es Thekla.

Die Bemerkung unbeantwortet, stand Thekla auf.

»Wir sehen uns morgen früh um neun wieder hier. Tschüss zusammen und einen schönen Abend«, verabschiedete Thekla die Runde.

*

Robert schloss die Haustüre zum angemieteten Haus, in Siegburg-Stallberg, auf. Thekla folgte ihm, nachdem sie den Wagen abgeschlossen hatte, die Tüte in der Hand, worin sich die Lebensmittel befanden, die Beide für das Abendbrot, noch auf der Fahrt nach Hause eingekauft hatten. Robert war direkt auf die Terrasse gegangen, eine Flasche Warsteiner in der Hand. Er liebte es, sich abends auf dem Liegestuhl eine Flasche Bier zu gönnen. Seine gemütlichen Abende mit seinen Kumpels, in der Eckkneipe, hatte Robert immer weniger werden lassen, seitdem er mit Thekla fest zusammen war. Kurze Zeit später klingelte es an der Haustüre. Thekla hatte gerade einige Spiegeleier in die Pfanne geschlagen, die es zum Leberkäse mit Gurken und Tomaten geben sollte.

»David, - Jana, - schön Euch zu sehen, kommt rein. Ich mach' uns gerade was zu Essen. Wollt Ihr auch was? « Thekla war bereits wieder in der Küche, um nach den Eiern zu sehen.

»Boah, Leberkäse mit Spiegelei. Habe ich ja schon lange nicht mehr gegessen. Da sag' ich nicht nein« David setzte sich sofort an den gedeckten Tisch, genau auf den Platz, der eigentlich für Robert gedacht war.

»David«, rügte Jana ihren Freund, »Du kannst doch nicht einfach...«

»Ich kann«, meinte David selbstbewusst, »ich bin doch hier zu Hause«.

Thekla kam mit zwei weiteren Tellern und Besteck zum Tisch. Sie blinzelte Jana zu und meinte schmunzelnd, »Möchtest Du auch was davon? es ist genug da«.

Jana schüttelte nur den Kopf. »Nein Danke, eine Scheibe Brot und Käse reicht mir«, meinte sie lächelnd.

David lehnte die Flasche Bier ab, die Robert ihm entgegenhielt, als er zum Tisch kam.

»Nein danke, wenn ich mit dem Roller unterwegs bin, trinke ich keinen Alkohol«.

»Sehr löblich«, meinte Thekla.

»Na ja«, meinte David, - »ist halt Bullenerziehung«.

Thekla deutete einen Schlag auf den Hinterkopf von David an, musste aber über den Scherz lachen.

»Warum wir gekommen sind«, begann Jana das Gespräch, noch während des Essens, »Mir sind da auf Facebook einige komische Postings aus einer Hennefer Gruppe aufgefallen. Vielleicht kannst Du Dir das gleich mal anschauen«.

»Gerne«, meinte Thekla.

*

»Wir haben uns zusammengesetzt und sind die bereits ermittelten Erkenntnisse nochmals Stück für Stück durchgegangen.« So begrüßten und überraschten Lisa und Peter, die bereits seit dreißig Minuten vor dem vereinbarten Treffen im Büro anwesend waren, Thekla und Robert. »Die achtunddreißig jährige Birgit Seins, Ehefrau des ersten Toten, hatte bei Eurem ersten Eintreffen, die gepackten Koffer ihres Ehemannes vor die Türe gestellt. Angeblich wollte sie ihn rausschmeißen. War es wirklich so? Oder wollte sie den Mord aus verletzter Eitelkeit, mit dem eingefädelten Manöver mit den vor die Türe gestellten Koffern, nur ablenken? Schließlich konnte sie sich doch denken, dass die Polizei zeitnah zu ihr kommen würde, um die Todesnachricht zu überbringen«.

Thekla hatte gespannt zugehört. Nickend meinte sie, »Eine sehr gute Überlegung, aber wie passt der zweite Mord dahin? «

»Nein, nein, - lass uns jetzt einmal nur von diesem Mord an Herrn Seins sprechen. Frau Seins hat kein Alibi für diese Nacht. Ihre Tochter Barbara kann es nicht bezeugen, da sie, nach eigenen Angaben, erst weit nach Mitternacht nach Hause kam. Genau da beginnt nun unsere zweite These. War Barbara wirklich in der Discothek und danach beim Liebesabenteuer im VW-Bus auf dem Parkplatz? Den Tanzabend wird die Freundin bestätigen können, diese ist allerdings recht früh nach

Hause gegangen, um keinen Ärger mit den Eltern zu bekommen. Der junge Mann ist uns nicht bekannt. Weder Name noch Kennzeichen des Wagens. Könnte es nicht sein, dass Barbara von ihrer Mutter erfahren hatte, dass der Vater eine Geliebte hat und die Familie zu zerbrechen drohe? Kann es nicht sein, dass als Folge der Jammerei der Mutter, die Tochter einen Hass auf den Vater bekam? Schließlich schien die "heile Welt" der Familie zu zerbrechen. Kann es nicht sein, dass die Tochter dem Vater mit ihrem schnellen Motorroller, bis ins Gewerbegebiet nach Hennef folgte und dort dann aus abgrundtiefer Verzweiflung und Wut, weinend und schreiend, wie von Sinnen, immer wieder auf den Vater einstach? Deshalb auch die "Übertötung", wie es im Bericht der Gerichtsmedizin hieß. Jetzt aber die Frage: was hat es mit dem gefundenen Kokain auf sich? «

»Und genau da setzt die zweite These an«, erklärte Peter Ludwig weiter, »wenn nämlich in dem Blumengroßhandel im Gewerbegebiet Hennef, nicht nur Blumen aus Holland angeliefert und an andere Händler verkauft werden, sondern vielleicht auch andere Sachen, so können vielleicht die beiden Toten dort auch den "Stoff" bezogen haben, um sich als Kleindealer noch einige Euro hinzuzuverdienen. Sollte also ein Junkie bei Herrn Seins kein Kokain, vielleicht aus Geldmangel, bekommen haben, könnte er ebenso im Wahn, den Mord im Rahmen einer "Übertötung" begangen haben. Bei der Leiche in Buchholz kann davon ausgegangen werden, dass es sich um den gleichen Täter oder Täterin handelt, da auch dort mit dem gleichen Messer die Tat ausgeführt wurde. Das hat die kriminaltechnische Untersuchung zweifelsfrei ergeben. Auch hier könnte der Tote eine Herausgabe des Kokains, ohne Bezahlung, ausgeschlossen haben«.

Sybille Salz betrat den Besprechungsraum.

»Ich habe gerade recherchiert, ob in der Vergangenheit der Blumengroßhandel irgendwie polizeilich in Erscheinung getreten ist. Tatsächlich waren dort vor einigen Monaten bei einer Razzia, im Rahmen einer Fahndung nach illegalen Zigaretten, mehrere Dutzend Stangen aus Polen, Bulgarien und den Niederlanden gefunden worden. Kein großer Fisch, aber immerhin. Kokain wurde nicht gefunden«.

»Dann können wir diese Spur jetzt erstmal als sekundär betrachten, denn, was wir durch Zufall gestern

Abend in Facebook gesehen haben, gibt mir schon sehr zu denken«.

Thekla legte ein DIN A 4 Blatt auf den Besprechungstisch.

Nun ist es vorbei,

alles wird gut,

sie wird wieder frei,

an dem Messer klebt Blut.

Meine Frau gehört mir,

das war Nummer zwei,

mir geht es jetzt gut,

bald kommt Nummer drei.

»Sollte dies in Verbindung mit unseren Morden gebracht werden können, dann droht uns hier wahrscheinlich ein dritter Mord. Außerdem scheint es sich bei dem Verfasser, um einen Mann zu handeln, da er von "seiner Frau" schreibt. Somit würde also Eure eben erklärte Theorie, der fehlenden Alibis von Birgit Seins und deren Tochter, nicht mehr so wichtig sein«, meinte

Thekla, in Richtung zu Lisa und Peter blickend.

»Dennoch, die von Euch entwickelte Theorie ist gut und heute muss jemand diesen Möglichkeiten nachgehen und ermitteln. Lisa, kannst Du das bitte übernehmen? Peter und Sybille, Ihr Beiden durchforstet bitte das Internet nach eventuellen weiteren Hinweisen nach dem Psychopathen, von dem diese Zeilen bei Facebook stammen. Von Facebook selber werden wir keine zugehörigen Personenangaben bekommen. Die nehmen es sehr ernst mit dem Datenschutz. Aber vielleicht gibt es in den diversen Gruppen aus Hennef und Umgebung irgendwelche Querverweise, die uns zum Verfasser der Zeilen und vielleicht zum Täter führen«.

»Und was machen wir? « wollte Robert wissen, »erst einmal ausgiebig frühstücken gehen? «.

Und wieder einmal bekam er Thekla's flache Hand am Hinterkopf zu spüren.

»Los jetzt, an die Arbeit«, sprach Thekla und stand auf. »Wie kann Robert nur im Beisein der anderen Kollegen seine lasche Arbeitsweise so hinausposaunen. Der reißt sich selber rein, wenn die anderen denken, er könne sich das alles erlauben, nur weil er mit der Vorgesetzten zusammen ist«, dachte sie.

*

Völlig in Gedanken versunken befuhr Thekla in Buisdorf die Frankfurter Straße. Kurz vor der Auffahrt zur A3 in Richtung Frankfurt, wurde der Twingo von einer mobilen Radarstation geblitzt.

»Das hat mir gerade noch gefehlt«, meinte Thekla, »hier ist fünfzig erlaubt und ich bin fast siebzig Km/h gefahren«.

»Wir sind doch im Dienst und auf dem Weg zur Ermittlung«, antwortete Robert.

»Mein Schatz«, Thekla blickte vorwurfsvoll, aber auch schuldbewusst in Richtung ihres Lebensgefährten, »wir sind im Privatwagen unterwegs. Dieses Knöllchen bekomme ich nur mit "good will" von der Sachbearbeitung erlassen«.

»Lass mich mal machen«, lächelte Robert süffisant, »ich kenn die Damen in der Zuständigkeit ganz gut«.

»Altes Liebesverhältnis? « wollte Thekla wissen.

»Vorletzte Karnevalsveranstaltung im Präsidium«, gab Robert schmunzelnd zu, »also, vor unserer Zeit«.

Nun schmunzelte auch Thekla.

Zehn Minuten später klingelten die Beiden bei Frau Seins in Blankenberg, an der Haustüre.

»Ja bitte?«, die Witwe öffnete, noch im Morgenmantel, die Türe.

»Frau Seins, wir hätten da noch ein paar Fragen an Sie«, sagte Thekla, die auch sofort mit Robert hereingebeten wurde.

»Haben Sie von der Existenz der Gruppe von Leuten gewusst, die sich in gewissen Abständen, zur gemeinsamen lustvollen Freizeitbeschäftigung, trafen?

Birgit Seins schaute fragend, mit gerunzelter Stirn, von einem zum anderen. »Wovon soll ich gewusst haben? «

»Na, von den Swingertreffen, an denen Ihr Mann teilgenommen hatte. Waren Sie auch mal dabei? « Robert war etwas genervt von der Begriffsstutzigkeit.

»Was? «, nun schien Frau Seins wirklich überrascht und ihre Stimme überschlug sich fast, »bei mir zu Hause

99

kriegte der keinen mehr hoch und dann rennt er zu solchen Leuten um sich durchzuvögeln? «

»Es sieht leider ganz danach aus, als wäre es so gewesen«, versuchte Thekla die Stimmung, die Robert mit seiner direkten Aussage hervorgebracht hatte, etwas zu beschwichtigen.

Im Obergeschoss wurde eine Tür geöffnet.

»Mama, hast Du nach mir gerufen? Ich habe Dich gerade laut gehört«, rief Barbara Seins aus ihrem Zimmer in den Flur.

»Alles in Ordnung mein Schatz, nein, nein, ich hatte Dich nicht gerufen«. Barbara schloss wieder die Türe ihres Zimmer zu.

»Sie soll bloß nichts davon mitbekommen und ihren Vater in guter Erinnerung behalten«, flüsterte sie nun zu Thekla.

Thekla nickte, verabschiedete sich und zog Robert hinter sich her, in Richtung Türe. Wieder im Auto meinte sie zu Robert, er hätte sich benommen, wie die "Axt im Walde". Er jedoch versuchte sich erst gar nicht zu rechtfertigen, da er wusste, dass Frauen anders ticken als Männer. Er sollte sich, nach Thekla's Willen, dem weiblichen Geschlecht gegenüber, psychologisch verbal eher vorsichtiger nähern.

Als Thekla den Wagen startete, fragte er: »Und jetzt? «

»Jetzt fahren wir noch einmal zu Frau Wagner, nach Birth. Ich will nochmal den Namen, von dem dritten Freizeitlover, mit dem sie sich hin und wieder getroffen hatte, wissen. Leider hatte ich mir diesen bei der Vernehmung nicht notiert«

Robert schaute erstaunt zu Thekla, die sonst immer so akribisch arbeitete.

»Ja«, sagte sie, »auch mir kann mal was durchgehen. Ich war auch erstaunt darüber, wie man einen Ehemann und gleichzeitig noch drei Liebhaber haben kann«.

Sie fuhren von Blankenberg über Adscheid zur B8, um dann nach links in Richtung Birth abzubiegen. Plötzlich schreckte Thekla, die in Gedanken versunken war, auf.

»Frau Wagner sprach von drei Männern, mit denen sie außerehelichen Verkehr hatte«, begann Thekla.

»Du meinst, mit denen sie fremdvögelte? « entgegnete Robert«.

»Mit denen sie außerehelichen Verkehr hatte«, wiederholte Thekla, »von denen nun zwei ermordet wurden. Kannst Du Dich noch an die Zeilen in Facebook erinnern, die Jana aufgefallen waren und die sie uns gestern gezeigt hatte. Da hieß es:

... das war Nummer zwei,

mir geht es jetzt gut,

bald kommt Nummer drei«.

»Ja und? Hat das denn jetzt plötzlich doch mit unseren Fällen zu tun? « wollte Robert wissen.

»Überleg doch mal. Mit drei Typen hat die Frau Verkehr, von diesen drei sind jetzt zwei tot. Na, - klingelt's? «

Jetzt fiel der Groschen bei Robert. »Du meinst, der dritte mögliche Tote könnte der dritte Lover sein? «

Thekla gab noch mehr Gas und nahm die letzte Kurve vor dem Haus von Familie Seins mit quietschenden Reifen. Der kleine Wagen kam zum Stehen und die beiden Beamten stiegen schnell aus. Frau Wagner war im Garten.

»Frau Wagner, wie war der Name des dritten Mannes aus dem Swingerverein?« rief Robert ihr entgegen.

Doris Wagner schaute sich erschrocken um, ob das jemand aus der Nachbarschaft gehört haben könnte. Eilig kam sie zum Zaun gelaufen und sagte wütend, aber leise:

»Wie können Sie es wagen, hier in der Öffentlichkeit so...«

»Frau Wagner«, fiel Thekla ihr ins Wort, »es ist wirklich kein Spaß und äußerst wichtig. Vielleicht können wir einen dritten Mord verhindern, wenn es nicht schon zu spät ist«

Doris Wagner erschrak. »Toni Lammers«, sagte sie rasch. »Wir sind eigentlich für morgen verabredet, wenn mein Mann auf Dienst ist«.

»Wo wohnt dieser Lammers?« wollte Thekla wissen.

»In Allner«, antwortete Doris Wagner, »die Straße weiß ich aber nicht. Wir haben uns immer woanders getroffen, da er ja auch verheiratet ist«.

Bereits auf dem Weg zurück zum Twingo, drehte sich Thekla noch einmal um und ging zu der Befragten zurück. »Wo ist Ihr Mann denn jetzt, wenn er doch erst morgen Dienst hat? «

»Der ist heute Morgen angerufen worden, ob er nicht für einen erkrankten Kollegen einspringen und eine Zusatzschicht übernehmen könne« antwortete Doris verdutzt, warum Thekla nun nach ihrem Mann fragte.

»Danke!« rief Thekla und war bereits schnellen Schrittes wieder auf dem Weg zum Auto.

»Fahr Du«, sie warf Robert den Autoschlüssel zu, was sie normalerweise nie tat.

Sehr verwundert setzte sich Robert auf den Fahrersitz und stellte Sitz und Spiegel auf seine Größe ein. »Warum fährst Du nicht? « fragte er, als er bereits den Motor gestartet hatte.

»Komm, fahr los. Ich will bei der Feuerwehr anrufen und Herrn Wagner sprechen. Er war doch der Initiator, warum das Paar überhaupt auf die Swinger gestoßen war. Vielleicht hat er noch Kleinigkeiten zu berichten, die uns entscheidende Lücken in den Fällen schließen lassen. Wir können nun keine Rücksicht mehr auf die amourösen

Seitensprünge seiner Frau nehmen. Es geht hier um ein mögliches drittes Opfer«. Thekla tippte die Nummer der Feuerwehrdienststelle, bei der Wagner tätig war, ins Handy. Das Wählen wurde durch einen eingehenden Anruf unterbrochen.

»Sybille, was gibt's Neues? « fragte sie.

»Wir haben in den Hennefer Facebookgruppen recherchiert und uns fiel auf, dass außer den von Jana wahrgenommenen Zeilen auch in einer anderen Gruppe Ähnliches gepostet wurde. Alles sehr wirre Geschichten rund um die Liebe zu einer Frau und die Aussage, diese Liebe unbedingt behalten zu wollen. Das klingt, wie von einem "Besessenen" «.

»Danke, Sybille, also möglicherweise von einem psychischen Kranken? «

»Würde ich fast so einschätzen«, war die Antwort der erfahrenen Kollegin.

Thekla legte auf und wählte sofort erneut die Nummer der entsprechenden Feuerwehr.

»Oberbrandmeister Beierlein, guten Tag«

»Guten Tag, Kriminalpolizei Siegburg, Thekla Sommer. Wir sind sehr in Eile und haben leider keine Zeit, bei Ihnen vorbei zu kommen. Deshalb jetzt meine telefonische Anfrage. Ist es möglich, Ihren Kollegen Ulf Wagner zu sprechen? Oder ist er gerade im Einsatz? «

»Sorry«, meinte Herr Beierlein, »aber Herr Wagner ist nicht im Dienst«.

Thekla antwortete, »wir haben die Auskunft erhalten, er sei heute Morgen zu einem zusätzlichen Dienst geordert worden«

»Der Ulf ist bereits seit einer Woche nicht zum Dienst erschienen«, meinte der Oberbrandmeister, »er hat sich krankgemeldet. Ich glaube es geht ihm psychisch nicht so gut. Das hat er manchmal«.

»Seit einer Woche schon? « fragte Thekla nach.

»Ja, genau«.

»Danke sehr für die Auskunft«. Thekla drückte die rote Taste am Handy.

»Gib Gas«, forderte sie Robert auf, »der Wagner scheint unser Mann zu sein und er ist möglicherweise gerade dabei, sein letztes Opfer aufzusuchen«.

Robert, der sich bemühte, einen anständigen Fahrstil zu zeigen, da es sich um Thekla's Auto handelte, gab nun dem kleinen Twingo die Sporen. Die Räder quietschten, als sie in Allner aus Richtung Hennef kommend, hinter der Siegbrücke, rechts abbogen und das Allnerer Ortsschild passierten. Thekla hatte schnell eine telefonische Abfrage bei der Meldestelle im Hennefer Rathaus gemacht und die Anschrift von Toni Lammers erfahren.

»Da hinten, vor der Kurve, links rein. Das müsste die angegebene Straße sein«, meinte Thekla.

Wieder quietschten die Reifen, als Robert in die Straße abbog. Etwa zwanzig Meter weiter, sahen sie einen Wagen mit offenstehender Fahrertür und einen Mann an der Haustüre stehend, der ein langes Messer in der Hand hielt und wie wild gegen die Türe pochte. Robert stoppte den Wagen und die beiden Kriminalbeamten eilten aus dem Auto. Der Mann mit dem Messer allerdings war schon auf dem Weg, das Haus auf der linken Seite zu umrunden, um sich möglicherweise von hinten her, Zugang zu dem Haus zu verschaffen. Robert lief ihm, mit gezückter Waffe hinterher, während Thekla rechts um das Gebäude lief. Da die Terrassentüre geöffnet war, stürmte

Ulf Wagner hinein. Robert jedoch war bereits hinter ihm und brachte Wagner zu Fall. Er fiel auf den graumelierten Teppich, der den Boden des großzügig gestalteten Wohnzimmers bedeckte. Nach einer kleinen Rangelei hatte Robert das Messer in seiner Gewalt und schleuderte es quer über den Boden, bis unter eine Anrichte. Thekla war inzwischen ebenfalls bei den Beiden. Sie stand mit gezogener Waffe, gut einen Meter abseits, um Robert abzusichern. Der jedoch, hatte Ulf Wagner, der auf dem Bauch lag unter Kontrolle und fixierte ihn mit Handschellen, indem er Herrn Wagners Arme auf dessen Rücken drückte.

»Was ist denn hier los? « fragte Toni Lammers, der aus dem Obergeschoss die Treppe hinunterkam. Er hatte geduscht und dabei das Radio im Badezimmer sehr laut gestellt, wodurch er erst sehr spät auf den Tumult im Wohnzimmer aufmerksam geworden war. Er griff nach dem gusseisernen Schürhaken, der neben dem offenen Kamin stand, um diesen drohend hoch zu halten.

Thekla hielt ihren Dienstausweis hoch und steckte ihre Dienstwaffe ins Schulterholster.

»Kripo Siegburg, Sommer, das da ist mein Kollege Hanf. Wir haben hier einen Doppelmörder dingfest gemacht. Sie hatten riesiges Glück, denn wie es aussieht, währen Sie sein drittes Opfer gewesen«.

»Ich? Wieso denn ich? « fragte der Mann überrascht.

»Weil Du meine Frau fickst, Du Arsch!« brüllte Wagner.

»Ach, jetzt erkenne ich Dich«, Lammers schien jetzt überrascht, »Du warst doch bei den Swingertreffen mit dabei, hast selber wie wild rumgevögelt und jetzt spielst Du den Moralapostel? «

»Wir hatten ausgemacht, niemals alleine die Frau eines anderen anzupacken«, meinte Wagner.

»Aber Doris hatte mich angerufen und erzählt, Du hättest keine Lust mehr am Sex gezeigt und sie wolle aber befriedigt werden, und das nicht nur von mir, wie sie mir erzählte«.

»Du Sau, ich…« schrie Wagner.

Thekla trat demonstrativ zwischen die Beiden und sagte laut: »Herr Wagner, ich nehme Sie fest wegen zweifachen Mordes und versuchtem dritten Mord. Sie brauchen sich jetzt nicht weiter zu äußern. Sie haben das Recht, sich einen Anwalt zu nehmen. Alles was Sie jetzt sagen, kann weiter gegen Sie verwendet werden«.

Zwei angeforderten Kollegen der Schutzpolizei, die zwischenzeitlich eingetroffen waren, sagte sie, mit dem Kopf in Richtung des immer noch auf dem Boden liegenden, Ulf Wagner zeigend: »Abführen!«

*

Auf dem Weg zurück nach Siegburg sagte Robert zu Thekla: »Jetzt haben wir uns aber wirklich was Gutes verdient. Fahr doch bitte einen Schlenker über Kaldauen. Ich möchte mir so gerne bei Fritten Paul eine doppelte Currywurst gönnen«.

Thekla nickte schmunzelnd.

»Die hast Du Dir, nach der filmreifen Festnahme eben, wirklich verdient. Jetzt kannst Du Dir sogar auch noch ein Bierchen dazu genehmigen«.

Zufrieden grinsend lehnte sich Robert auf dem Beifahrersitz zurück, nachdem er die Rückenlehne etwas nach unten gestellt hatte.

ENDE

Rhein-Sieg-Kreis Krimi

Mord in Troisdorf

Der Informant

Der neunte Fall der Kommissarin Thekla Sommer

Alle Personen und Tathergänge sind frei erfunden.

Ähnlichkeiten mit lebenden oder toten Personen sind rein zufällig

Es waren bestimmt zwei Dutzend Spatzen, die fröhlich zwitschernd, über der Fußgängerzone Troisdorf's, ihre Runden zogen und sich an den Resten der Brötchen und Kuchen erfreuten. Die Restaurants, Bäckereien und Eissalons hatten ihre Tische und Stühle an den sonnigen Frühlingstagen nach außen gestellt und freuten sich über regen Zulauf, sonnenhungriger Gäste. Thekla Sommer, die Kriminalkommissarin und Leiterin der Dienstgruppe II, der Mordkommission Siegburg, hatte Lisa Drollig, Peter Ludwig, Sybille Salz und ihren Lebensgefährten Robert Hanf, alle in ihrer Dienstgruppe, zum Eis essen eingeladen. Sie saßen alle vor der beliebtesten Eisdiele Troisdorfs und hatten die schönsten Kreationen verschiedener Eisbecher vor sich. Die Einladung erfolgte deshalb, weil sich Thekla vor etwa drei Wochen, bei einem Sturz während ihres fast täglichen Fitnesslaufs, rund um den Siegburger Michaelsberg, den linken Ellenbogen gebrochen hatte. Im Krankenhaus wurde festgestellt, dass das Radiusköpfchen gebrochen war. Eine Operation wurde von den Ärzten nicht erwägt, da ein Bruch des Typs I vorlag, der erfahrungsgemäß von alleine zusammenwachsen würde. Thekla hatte drei Wochen den Arm eingegipst bekommen und nun hatte der Arzt ihr eine Orthese verschrieben, die eine Bewegung des Arms immer noch stark einschränkte aber dennoch, durch eine eingebaute Mechanik, endlich kein störender Gips mehr war. Da sie also nun bereits seit einigen Wochen, ihren Kollegenkreis nicht mehr gesehen hatte, wollte sie den heutigen Tag dafür nutzen, ihre Freude über den Heilungsprozess, da kein aktuelles Mordgeschehen zu lösen war, mit den Kollegen teilen. Die Tische des Außenbereiches der Eisdiele waren zu dreiviertel besetzt. Am übernächsten Tisch saß ein teuer gekleideter, gutaussehender junger Mann, etwa Ende Dreißig. Am Oberkopf trug er eine Markensonnenbrille, die er sich in die Haare geschoben hatte. Auch er hatte sich ein kleines Eis, einen Espresso und einen "Fernet Branca" bestellt. Hin und wieder schaute er sehr interessiert, an den Tisch mit der geselligen und lachenden Runde, herüber. Lisa hatte dies bemerkt und flirtete nun ungeniert mit dem Mann. Lisa war mit ihren fünfundzwanzig Jahren das Küken unter den Kollegen der Mordkommission. Was jeder ihrer engsten Kollegen wusste, war, dass sie bisexuell veranlagt war und sich noch nicht so recht festgelegt hatte. Im Moment, so schien es ihr, war die Reihe wieder an einem Mann dran, der sie so richtig verwöhnen würde.

»Der ist aber süß«, flüsterte Thekla in Lisa's Ohr, nachdem sie sich zu ihr herübergebeugt hatte. Lisa lächelte verschmitzt, nippte an ihrem Cappuccino und schaute blinzelnd zu dem Mann rüber, der seinen Magenlikör anhob und Lisa zuprostete. Lisa lächelte ihn nun breit an, lehnte sich in ihrem Stuhl zurück und spannte ihre Schultern nach hinten, um so, unterbewusst, ihre Flirtbereitschaft zu signalisieren. Der Fremde holte aus seiner Herrenumhängetasche ein kleines Etui heraus und entnahm ihm eine e-Zigarette und ein kleines Fläschchen Liquide mit der Aromanote "Feige", wie unschwer auf der Abbildung zu sehen war. Er füllte ein klein wenig des Liquids in den gläsernen Verdampfer der Marke "Nautilus", drehte diesen auf den Accuträger und genoss den reichhaltigen Dampf, der sich bei jedem seiner Züge entwickelte. Er drehte seinen Kopf wieder in Richtung Lisa und flirtete seinerseits nun unverhohlen mit der jungen Kommissarin. Nachdem der gutaussehende Mann sein Eis gegessen und den Espresso getrunken hatte, war er, als sei er von dem Anblick Lisas, die seine

116

Aufmerksamkeit sichtbar genoss, wie benebelt. Es schien, als legte sich ein Schleier vor seine Augen. Er konnte nichts mehr richtig erkennen, selbst der Tisch vor ihm bewegte sich scheinbar wie von selbst hin und her. Als er aufstand um kräftiger durchatmen zu können, bemerkte er, dass er starke Schwierigkeiten hatte, Luft in seine Lungen zu pumpen. Er geriet in Panik, drehte sich in Richtung Lisa und fuchtelte mit seinen Armen in der Luft. Zuerst dachte Lisa, er wolle sie zu sich an den Tisch winken. Dann jedoch sah sie die Panik in seinen Augen. Sie sprang auf und eilte zu dem Tisch des freundlichen Mannes. Noch ehe Lisa dem Mann helfen konnte, brach er zusammen und fiel auf den gepflasterten Boden.

»Ruf schnell einen Krankenwagen«, rief Thekla in Richtung Robert, als sie Lisa nachstürmte. Auch Peter Ludwig hatte den Ernst erkannt und eilte den Frauen zu Hilfe. Die anderen Gäste der Eisdiele sprangen von ihren Sitzen auf und bildeten einen weiten Halbkreis um das Geschehen. Einige zückten ihr Smartphone, aber nicht um Hilfe zu rufen, sondern um den Vorfall zu filmen und dann möglicherweise direkt ins Netz zu stellen.

Thekla öffnete dem, auf dem Rücken liegenden Mann die Knöpfe seines Hemdes bis über die Brust, während

117

Lisa, recht professionell den Puls und die Atmung kontrollierte.

»Oh Gott, kaum spürbarer Puls und ganz schwache Atmung«, stellte sie fest.

»Hoffentlich hält er durch, bis die Rettungskräfte hier sind«, meinte Peter.

Knapp zwei Minuten später fuhr der Rettungswagen, der am nahegelegenen St. Josef-Hospital stationiert war, vor.

Die Rettungskräfte übernahmen sofort den erstversorgten Patienten. Der Notarzt, der mit den Rettungssanitätern gekommen war, ordnete die sofortige Verbringung des Mannes in den Rettungswagen an. Er wollte den Mann intubieren, da er nicht eigenständig atmete. Die Türen des Rettungswagens schlossen sich, nachdem der Patient, nun auf eine Bahre verbracht, in den Wagen geschoben wurde. Der Wagen durfte während der Intubation nicht anfahren. Nach etwa fünf Minuten, nachdem sich die Kriminalbeamten bei den Gaffern ausgewiesen und sämtliche Smartphones sichergestellt hatten, öffnete sich die hintere Türe des Rettungswagens und der Notarzt trat heraus.

»Wir konnten leider nichts mehr für ihn tun, wegen Herzstillstand haben wir noch den Defibrillator eingesetzt, aber keine Chance. Wir haben die Polizei informiert, da es sich um eine unklare Todesursache handelt. Wir müssen die Leiche, natürlich abgedeckt, wieder hier nach draußen bringen, da wir im Rettungswagen keine Leichen transportieren dürfen«.

Thekla zeigte ihren Dienstausweis mit den Worten: »Kriminalpolizei Siegburg, wir werden der Todesursache wohl nachgehen müssen, wenn sie sagen, es sei eine "unklare Todesursache"«.

»Wir können keine Fremdeinwirkung durch eine äußere Verletzung feststellen, da der Mann ansonsten wahrscheinlich eine gute Konstitution hatte. Ein natürlicher Herzstillstand wäre nur nach abzuklärender Vorerkrankung, erklärbar. Deshalb muss ich zunächst eine "unklare Todesursache" diagnostizieren«.

Thekla informierte Alfred Bollenkamp, den Leiter des Siegburger Morddezernats über das Geschehen. Dieser übergab sofort die Ermittlungen an Thekla's Team, da sie sozusagen tatanwesend waren. Weiterhin schickte er sofort die Spurensicherung los und informierte die Bonner

Rechtsmedizin, wegen der Planung einer anstehenden Obduktion.

»So«, meinte Robert, die eingesammelten Smartphones in den Händen, »jetzt kommt einer nach dem anderen Eigentümer der Geräte zu mir und löscht, in meinem Beisein, den Hergang des Geschehens«.

Einige der jungen Leute protestierten lautstark.

»Dies ist eine polizeiliche Anordnung. Wenn dieser nicht nachgekommen wird, bleibt das entsprechende Handy in Polizeigewahrsam und wird, sobald die richterliche Anordnung da ist, amtlich gelöscht. Die Kosten dafür und den eventuellen Schaden an sonstigen Dateien, gehen dann zu Lasten des Besitzers«.

Einer nach dem anderen kam, löschte das soeben aufgenommene Video, unter Roberts strengem Blick und verschwand in geduckter Haltung, in der Menschenmenge.

»Hat er mal wieder geblufft«, dachte Thekla grinsend. Die Kosten für eine gerichtlich angeordnete Löschung bestimmter Daten sind aus der Staatskasse zu zahlen. Eine Androhung der Kostenübernahe hat jedoch in den meisten

Fällen, bei meist ohnehin finanzschwachen Jugendlichen, den gewünschten Erfolg.

*

Nachdem alle Spuren gesichert waren, wurden von der Spusi nochmals einige Bilder des Tatorts, der einzelnen Spuren und auch unbemerkt, der reichhaltig umstehenden Personen gemacht. Es hatte sich bereits seit mehreren Jahren als hinweisgebend erwiesen, Aufnahmen von den umstehenden Beobachtern zu machen, da sich hin und wieder der Täter an den sofortigen Folgen seiner Tat ergötzte. Thekla, obwohl offiziell noch im Krankenstand befindend, hatte sich vom Leiter der Spurensicherung, die Brieftasche des Toten geben und über den Stand der ersten Erkenntnisse informieren lassen.

»Der Tote heißt Louis Krüger, achtunddreißig Jahre, ein in der Schweiz lebender Physiker und gebürtiger Franzose«, teilte Thekla den anderen Beamten ihrer Dienstgruppe mit.

»Moment mal«, fiel ihr Robert ins Wort, »während Deiner Dienstunfähigkeit bin ich als stellvertretender

Leiter ernannt worden. Du hast offiziell hier gar nicht zu ermitteln. Das ist meine Aufgabe«, fordernd streckte er seine Hand in Richtung der Brieftasche des Toten.

»Du glaubst doch nicht etwa, dass ich mir den Fall eines verschleierten Tötungsdelikts aus der Hand nehmen lasse, bei dem ich selber zugegen war? « war ihre Antwort. »Das regle ich schon mit Fred persönlich. Bollenkamp hatte im Siegburger Polizeipräsidium den Kosenamen "Fred" bekommen, da Alfred den meisten zu altmodisch erschien.

Resignierend, aber nicht widersprechend, zog Robert seine Hand zurück. Er würde am Abend, wenn sie wieder zu Hause wären, die Sache mit ihr in einem direkten Gespräch klären und nicht hier vor den Kollegen und der Anwesenheit der Umherstehenden.

»Der Tote wird nun in die Rechtsmedizin der Bonner Uniklinik gebracht, um die genaue Todesursache zu ermitteln. Wir müssen jetzt erst einmal von denen, die hier beim unmittelbaren Tatgeschehen saßen, die Personalien feststellen. In Richtung der Kollegen der Spusi fügte sie hinzu: »und von Euch möchte ich schnellstmöglich eine Analyse darüber, was sich in der e-

Zigarette und dem kleinen Fläschchen befand, die dort stehen«, sie zeigte auf den Tisch, an dem der Tote gesessen hatte.

»Welchem kleinem Fläschchen? « wollte der Kollege wissen, der die sichergestellten Asservate einsammelte.

Thekla blickte in Richtung des Tisches und suchte dann mit Blicken, den umliegenden Boden ab.

»Da stand doch eben noch die kleine Plastikflasche mit dem Aromaliquide "Vanille"«.

»Feige«, berichtigte Lisa, die neben Thekla stand, »es war das Aroma "Feige". Lisa hatte sich alles genau gemerkt, was Louis Krüger betraf. Schließlich hatte sie ihn mit den anheimelnden Augen einer "Interessierten" gesehen.

Die kleine Flasche war nirgendwo zu sehen. Thekla winkte den Fotografen der Spurensicherung zu sich um die digitalen Aufnahmen zu sehen, die vom Tatort und der Umgebung gemacht wurden. Tatsächlich war auf den Bildern zu erkennen, dass auf dem Tisch ein Liquidfläschchen stand. Dies war aber nicht mehr da.

»Wer hat gesehen, was mit der Flasche passiert ist? « wandte sie sich, recht laut sprechend, an die noch anwesenden Umherstehenden, die immer noch vereinzelnd dort standen.

Kopfschüttelnd wandten sich viele ab und gingen nun, nachdem sie persönlich angesprochen wurden, vom Ort des Geschehens weg. Niemand hatte wohl bemerkt, wie sich eine Gruppe von drei heranwachsenden jungen Männern dem Tisch genähert hatten und den Blick auf die e-Zigarette kurz verdeckten. Sie wollten dieses Teil an sich nehmen, da es recht teuer zu sein schien und sie Lust verspürten, es selber auszuprobieren. Als einer gerade danach greifen wollte, drehte sich einer der, mit einem weiß gekleideten Schutzanzug versehenen Ermittler in Richtung der Drei. Daraufhin wurde der Zugriff zu dem begehrten Objekt abgebrochen, doch im Rückzug der Hand griff der Junge schnell und unbemerkt das Liquid.

»Das darf doch nicht wahr sein«, brüllte Robert los, »da klaut einer, im Beisein der Polizei, Beweismaterial. Gott sei Dank haben wir die Personalien von den Gästen die hier saßen«.

Lisa Drollig sah sie als erste, die im Schaufenster angebrachte Überwachungskamera des Juweliers, der gegenüber dem Tatort sein Geschäft hatte. Sie ging mit

Thekla zu dem Inhaber in den Laden und fragte, im
Rahmen polizeilicher Ermittlungen, ob sie einen Blick auf
die Aufzeichnungen der letzten zwanzig Minuten werfen
dürfe. Die Winkel der Kamera waren so eingestellt, dass
sowohl die Eingangstüre des Geschäftes, als auch die
Auslage seines Schaufensters zu sehen waren. Die
Vorschrift besagt, dass man als Privatperson den
öffentlichen Verkehrsraum nicht überwachen darf, wenn
diese Aufnahmen gespeichert werden. In diesem Fall
jedoch zeigte eine kleine Ecke des aufgenommenen
Bildes, wie sich drei jugendliche Personen recht schnell
mit ihren Mountainbikes von dem mutmaßlichen Tatort
entfernten. Leider waren keine Gesichter, sondern
lediglich die Kleidung, zu erkennen.

*

»Du kannst doch nicht einfach im Krankenstand eine
Ermittlung an Dich reißen«. Alfred Bollenkamp schien
sehr erregt, als er in den Besprechungsraum im
Polizeipräsidium, auf der Frankfurter Straße in Siegburg,
kam und Thekla in einem Meeting mit ihrem Team
unterbrach.

Thekla stand von ihrem Platz auf, stellte sich etwa einen Meter breitbeinig, um einen sicheren Stand zu haben, mit zurückgezogenen Schultern und erhobenem Kopf, vor ihren Vorgesetzten. So unterstrich sie unterbewusst, ihre jetzt folgende Aussage.

»Alfred, - Du glaubst doch nicht, dass ich ein Tötungsdelikt, das in meiner Anwesenheit passierte, mir als Dienstgruppenleiterin so einfach aus der Hand nehmen lasse. Außerdem habe ich mich selber in den Dienst zurückversetzt. Dazu bin ich berechtigt, da auf jeder Arbeitsunfähigkeitsbescheinigung steht: "voraussichtlich bis". Es liegt im Ermessen eines jeden Patienten, selber einzuschätzen, wann er sich wieder arbeitsfähig fühlt. Ein Antritt seiner Arbeit beendet dann automatisch die AU. Dies gilt auch für Beamte«.

Bollenkamp senkte den Kopf. »Du bist aber gut informiert«, sagte er, »na gut, meinetwegen, dann – willkommen zurück«.

Peter Ludwig, Lisa Drollig und Sybille Salz, klatschten spontan Beifall, unterließen es aber auch schnell wieder, als sie Fred's Blick sahen. Zerknirscht wirkend schloss er die Türe hinter sich, nachdem er den Raum wieder verlassen hatten.

Thekla atmete tief durch. »Dann wollen wir mal zur Tagesordnung übergehen und die Recherchearbeit einteilen. Vielleicht kriegen wir heute Nachmittag noch den Bericht der Laboranalyse des Inhaltes aus der sichergestellten e-Zigarette und den Bericht der Rechtsmedizin. Bis dahin sollten wir aber …«.

Das Festnetztelefon des Besprechungsraumes klingelte.

»Ja«, sagte Thekla kurz angebunden.

Sie hörte konzentriert dem Anrufer zu. Dann sperrte sie erstaunt den Mund auf und ein kurzes »Oh«, kam über ihre Lippen. »Wir fahren sofort dahin«, sagte sie noch, bevor sie den Hörer auflegte.

»Das war Fred, es ist ein Jugendlicher in Troisdorf, nahe der "Burg Wissem", zwischen dem Kinderspielplatz und dem angrenzenden Wildgehege, auf einer Parkbank sitzend, tot aufgefunden worden. Neben ihm lag, wahrscheinlich seine e-Zigarette und ein halbvolles Fläschchen Liquid mit dem Aroma "Feige". Die

Spurensicherung ist schon auf dem Weg dahin. Sieht nach einem Zusammenhang von heute Vormittag aus«.

Fast gleichzeitig standen alle auf und beeilten sich, an den neuen Leichenfundort zu gelangen. Dort angekommen, wurden gerade Aufnahmen der Fundstelle gemacht. Einer der Männer der Spusi kam auf die eintreffenden Kollegen zu und berichtete sofort:

»Kinder hatten ihn gefunden und die Kollegen der Polizeiwache informiert. Armin Stall, sechzehn Jahre, wohnhaft in Troisdorf-Spich, hier auf dem Schülerausweis steht, dass er ein Mitglied der Elbstein-Gang ist. Das ist eine Gruppe jugendlicher Rebellen, die sich gegen die Verschmutzung der heimischen Gewässer wehrt. Ehemals gegründet in Hamburg, haben sich kleine Ablegergruppen in ganz Deutschland gebildet. Seine Eltern sind schon informiert worden und müssten gleich hier sein«.

»Wer hat sie denn informiert? « wollte Robert erbost wissen, »und woher wisst Ihr das mit der Elbgruppe? «

Im Portemonnaie des Jungen war ein Mitgliedsausweis, um Anderen die Zugehörigkeit zur Gruppe nachzuweisen. Die haben oft zwielichtige

Aktionen gegen öffentliche Einrichtungen durchgeführt und brauchten ein gegenseitiges Erkennungsmerkmal. Alles in allem aber, eine "nicht beobachtungsnötige" Vereinigung. Da drüben die beiden Männer, kamen hier zufällig herspaziert, als wir mit den Ermittlungen begannen. Sie erkannten ihn, als einen in ihrer Nachbarschaft wohnenden Jungen. Sofort nahm einer von denen sein Handy und verständigte die Eltern«.

»Das hat uns gerade noch gefehlt. Hoffentlich haben die Eltern keine Mitglieder der Gruppe verständigt, die dann auch noch hier auftauchen und das Ganze filmen und über das Internet verbreiten. Die benutzen doch alles, um auf ihre "Gewässerschutz Vereinigung" aufmerksam zu machen«.

Bisher erschienen in dieser Reihe:

Mord in Siegburg

>Die Wasserleiche<

Der *erste* Fall der Kommissarin Thekla Sommer

Mord in Bornheim

> Der Spargelkönig<

Der *zweite* Fall der Kommissarin Thekla Sommer

Mord in Rheinbach

> Das Burgfräulein<

Der *dritte* Fall der Kommissarin Thekla Sommer

Mord in Sankt Augustin

>Fehlerhafte Liebe<

Der *vierte* Fall der Kommissarin Thekla Sommer

Mord im Bonner "Regierungsviertel"

> Kollege Weihnachtsmann <

Der *fünfte* Fall der Kommissarin Thekla Sommer

Mord in Siegburg-Zentrum

> Thekla im Visier <

Der *sechste* Fall der Kommissarin Thekla Sommer

Mord in Wesseling

> Der Universitätsprofessor <

Der *siebte* Fall der Kommissarin Thekla Sommer

Mord in Hennef/Sieg

> Liebesgeflüster <

Der *achte* Fall der Kommissarin Thekla Sommer

Demnächst erscheint in dieser Reihe:

Mord in Troisdorf

>Der Informant<

Der _neunte_ Fall der Kommissarin Thekla Sommer

Über den Autor:

Geboren 1958, in der Zeit des Wirtschaftswunders, verbrachte er seine Kindheit, mit zwei Schwestern und zwei Halbbrüdern, in Siegburg und dem ländlichen Windeck. Geprägt von dem idyllischen Umfeld, fühlte er sich in der Stadt nie so recht wohl und er suchte sein soziales Umfeld meist in ländlichen Regionen, wie Rheinbach, Meckenheim, Bornheim oder Herchen/Sieg.

Bereits im jungen Erwachsenenalter fing er an, seine Gedanken schweifen zu lassen und niederzuschreiben. Am Anfang war es mal ein Kinderbuch oder philosophische Zeilen. Als zertifizierter Psychologischer Berater folgte ein psychologisch/spirituelles Werk. Seit einiger Zeit entspringen Krimis (aus dem Rhein-Sieg-Kreis) seinen Gedanken und dem Werk seiner Phantasie. Hier legt er aber besonderen Wert auf umfangreiche, historische Recherche hinsichtlich der Schauplätze seiner Handlungen.